繁荣普陀
发展真如

吴学谦
一九九八年春
亍晋

原全国政协副主席吴学谦视察真如镇时的题词

千年古镇
璀璨明天

周国雄

中共上海市普陀区区委书记周国雄的题词

真如镇乡土教材

主 编 王智华 胡礼刚

千年古镇 璀璨明珠

华东师范大学出版社

传承历史 再铸辉煌

中共上海市普陀区区委副书记、区长蔡志强的题词

序

也许你是一个土生土长的真如人，那么，真如就是生你养你的故土；也许你是一个来自他乡别处的"新移民"，那么，真如就是你落地生根的第二故乡。不论是前者还是后者，我们现在都和真如相依相偎，工作、学习、生活在真如的怀抱里。真如，是你我共同的家园。

《真如——千年古镇　璀璨明珠》蕴含着真如人共同的情愫。认识古镇，了解古镇，建设古镇，憧憬古镇的美好未来，是真如人的共同愿望。

真如是我们可爱的家乡，生活在真如是幸运的。

真如是一个具有千年历史的江南古镇，具有丰富的历史积淀和文化内涵。真如的先民在这片土地上曾经创造了辉煌的文明，这是我们的骄傲。漫步仿古街，走进真如寺，一种深沉凝重的历史责任感便会油然而生。在新世纪我们每个真如人都有责任，将古镇历史文化进一步发扬光大，努力创造出更加辉煌的文明。

每一位"老真如"都可以见证50多年来真如发生的巨大变化；每一位中年人都可以体验20多年改革开放带来的巨大成果。改革开放造就了安定、祥和、富足的真如，千年梦寐以求的小康生活在今朝走进了千家万户。

在新世纪，真如镇党委和政府解放思想、与时俱进、与时俱新，制定了气势恢弘的"十五"发展规划，为把我们共同的家园变得更加美好，正带领真如人民大跨步奔向2005年。"十五"发展规划的完成和实现，将使真如变得更加美丽和繁荣。我们期待和喜悦的不仅是2005年，我们还有新的发展、新的跨越。

我们的先辈和父兄在真如的大地上，不仅为我们创造了光辉的业绩，而且绘就了未来发展的蓝图。青少年学生是新世纪的建设者和接班人，肩负着守成和创业的两副重担，任重而道远。创业是艰难的，守成加创业更难。一代人有一代人的使命，我们这一代真如青少年的使命，就是沿着有中国特色的社会主义道路，继续推进现代化事业，建设真如，繁荣上海，把一个又一个理想的蓝图变成一个又一个活生生的现实。因此，我们企盼着这本书能够给肩负着21世纪崇高历史使命的青少年朋友带来自豪感和尊严感，赋予青少年朋友以强烈的责任心和自信心，同时，使自己在为繁荣上海、振兴普陀、建设真如的学习知识、培养能力、发展个性的过程中，走向成熟，实现崇高的人生价值。

爱国主义是青少年教育中的一个永恒的主题，而爱家乡是爱国主义的起点和基础。一个人只有先爱家乡，感受到家乡一草一木带给他的情感震撼，才能将这种爱上升为对祖国的无限热爱。真如蕴藏着丰富的爱国主义教育资源。该教材内容完整，比较系统地介绍了真如昨天走过的历程，同时突出弘扬了新时代真如取得的辉煌成就，歌颂了敢为天下先的真如精神。该书所涉及的内容是从真如丰富的文化内涵和我们身边的人、事、物中汲取出来的，旨在倡导一种不怕输、正直为人、敢于创新的真如精神，是一本具体生动的爱国主义教材。所以，我们在这里把它郑重地推荐给全镇的青少年朋友、学生家长和广大的教育工作者，希望青少年朋友能在课余时间看看它，希望家长和老师充分用好这本书，指导学生读好这本书，如有可能，也可以组织一些相关的主题活动。

王智华

2003年6月

（王智华——时任真如镇镇长、现任真如镇党委书记）

再版序言

　　真如镇乡土教材《真如——千年古镇　璀璨明珠》，于 2003 年出版发行距今已有五年。这本教材在真如市民群众，尤其是青少年学生中引起了很大的反响，这对认识真如历史变迁、了解城市发展脉络、传承民族传统文化有着一定的意义。

　　近年来，随着改革开放的深入和发展，民族文化的传承、民俗文化遗产的保护，越来越受到重视。就上海来论，以"崇尚民族"、"守护民俗"、"回归民间"为特征的"三民文化"建设正在迅速推进，并取得积极的成果。

　　如何让真如镇传承好优秀历史文化、民俗文化，是历届党委、政府极为关心的问题。1990 年 8 月建立范庄淞沪抗战十九路军指挥部纪念碑，成为青少年爱国主义教育基地。1992 年 1 月真如寺全面修复，重燃香火。2000 年 1 月真如佛塔建成，并成为真如标志性建筑。最近投资建立的"真如历史文化陈列室"也将向社区居民开放，另外，真如镇的著名特产真如羊肉的制作工艺也申报成为上海市非物质文化遗产保护项目。

　　文化是城市的灵魂，是精气神之所在，真如人应以拥有深厚的历史文化底蕴而骄傲。在保护文化遗产，传承历史文脉方面，我们已经做了一些工作，但还远远不够，我们还有很多工作要做。借这本乡土教材修订再版之际，我诚恳地希望各界有识之士，都来关注真如文化传承问题，都来参与文化保护和建设。如此是居民之愿，真如之福。

　　是为序。

胡礼刚

2008 年 9 月

（胡礼刚——现任真如镇镇长）

目　录

第一章

源远流长古真如

我们脚下这片土地，叫真如。这是一方古老的热土，我们的先辈曾经在这片土地上创造了绚丽辉煌的文明。作为一个真如人，我们首先应该了解真如，认识真如。熟悉真如的自然环境、历史沿革，有助于我们更好地认识真如。

第一节　自然环境　江南水乡

境　域　真如镇位于上海市普陀区西北部。南至武宁路、曹安路，东至曹杨路、上海西站，北至交通路、沪宁铁路，西至万镇路，与嘉定区真新街道毗邻。地域面积6.09平方公里，下辖36个居民委员会。截至2007年7月31日，全镇有居民4.36万户，11.3万人，外来流动人口3万多人。

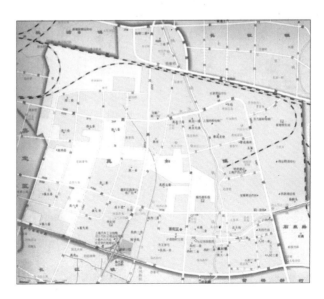

真如镇行政地图

真如镇人民政府所在地，东至铁路上海站5公里，至市中心人民广场7.6公里，西南距北新泾3公里，至虹桥国际机场12公里，西至江桥5公里，西北距南翔12公里，距嘉定区城厢24公里，东北距大场7公里，沪宁高速公路、312国道从镇的西南边缘穿过。

地貌地质

真如所在地在远古时期是海洋，后来长江带来的泥沙越积越多，逐渐形成了真如。真如西距古上海竹冈10余公里，南离吴淞江古水道虬江0.5公里，地处古吴淞江喇叭口。约于5—6世纪，自北而南，逐渐成陆，系吴淞江、长江冲积而成。地势平坦，海拔标高平均3.8米。土质以沙壤为主，间有菜园干沟泥、沙泥，内含铁锈土较多，含碳酸铁与碳酸钙的结核体；下为侏罗系火山岩基地层，岩性为中性安山岩，约在1.5亿年前，因地壳剧烈运动，岩浆喷溢地面而形成，厚度在500米以上。上覆第四纪地层，厚度为270—290米。

气候与河流

真如地属北亚热带海洋性季风气候。年平均温度15.3摄氏度。季节性强，7月与1月平均温差27.7摄氏度。最高温度为1934年7月12日40.2摄氏度；最低温度为1893年1月19日零下12.1摄氏度。年均降水量1 100毫米左右。其中，夏季占40.7%，冬季为12.8%。初夏有梅雨，夏秋季多东南季风，俗称台风，届时伴有暴雨，易造成自然灾害。

真如境域由于环境与历史原因，沟浜纵横，水运便捷，是典型的"江南水乡"。但是随着近现代工业以及住宅的发展，支流大都被填塞，现存干河3条，支河11条。

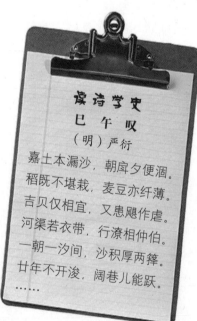

读诗学史

巳午叹

（明）严衍

嘉土本漏沙，朝庡夕便涸。
稻既不堪栽，麦豆亦纤薄。
吉贝仅相宜，又患飓作虐。
河渠若衣带，行潦相仲伯。
一朝一汐间，沙积厚两箬。
廿年不开浚，阔巷儿能跃。
……

1．干河

桃浦　别称桃树浦、桃溪，宋代吴淞江两侧三十六纵浦之一，沿浦多桃树，故名。南北贯穿本镇，为本地最大干河。南连虬江，经木渎港流入吴淞江；北接走马塘，通大场。全长7.5公里，宽15—24米，深1.5—1.7米。

梨园浜　原称梨辕浜。西连桃浦，东接大场浦、赵浦，经潭子湾入吴淞江。自桃浦至大场浦，全长约2.2公里。河道自市街东向，经曹杨路入

桃浦河

东新村街道。宽 7 — 18 米,深 1 — 1.5 米。

新开河 又名曹杨河,位于镇西。1970年因桃浦河南段淤塞,为改善航道排灌而开。北起东浜,南入虬江,全长3.2公里。宽 15 — 18 米,深 1.3 — 2 米。

2．支河

本镇共有11条支河,大多位于镇西或镇西北,有少数位于镇东北或镇西南。位于镇西、镇西北的主要有小浜、东浜、北新浜、杨家浜、赵港、南新浜、菜花浜等。位于镇东北的有三徐浜,镇西南的有东港河,镇北的有薛家浜。本镇境域的河流长度都比较短,一般仅有 1 — 3 华里左右。

读诗学史

楷庵瞿枉过桃溪

（清）本源

未到黄昏后,江村早闭门;
草深秋色满,沙浅橹声喧。
披褐呼童子,张灯开竹轩;
……

第二节　古镇隶属　建制沿革

真如,古称桃溪。自公元五六世纪,真如这片土地就有人类活动的痕迹。真如至今已有一千多年历史。在这漫长的历史中,由于历史等原因,隶属、建制曾发生数次变化。

唐武德四年至南宋嘉定十年（621 — 1217 年）,真如地境属昆山县临江乡(唐代,临江原名新丰,五代吴越国时期改名为临江乡),境域时称桃溪。隶属昆山县管辖,历时596年。

南宋嘉定十年（1217年）嘉定建县。临江乡改属嘉定县,境域也因此改由嘉定县管辖。此后,一直到清代（1217 — 1725年）,境域一直由嘉定县管辖,历时508年。

明洪武年间（1368 — 1399 年）临江乡改称依仁乡。

隶属沿革

清雍正三年（1725年）宝山建县。依仁乡改属宝山县，真如境域也因此由宝山县管辖。这种局面一直维持到民国，历时202年。

民国十六年（1927年）7月上海成为特别市，1928年7月真如改乡为区，划属上海特别市管辖。抗日战争期间，1939年，真如改属伪市政督办公署闸北区，1940年5月改属上海特别市沪北区。1945年9月，国民党政府将真如区一分为二。1946年3月恢复原来真如区建制，定为三十二区。1947年1月三十二区改名为真如区。

真如镇人民政府大楼

1949年上海解放后，成立真如区接管委员会。1950年7月，撤销真如区接管委员会。接管委员会期间，真如辖区范围一度发生变化。1958年8月14日，真如镇划入普陀区，10月26日，真如镇划属嘉定县长征人民公社，隶属嘉定县管辖，历时26年（1958—1984年）。1984年11月，真如重新划属普陀区管辖，真如重新成为上海市区一部分，延至今天。

建制沿革

在真如长达1500年的发展历史中，建制也曾几经变化。

真如的发展始于唐代。然而当时境域人烟稀少，发展较为缓慢。元代，真如进入了一个快速发展时期。真如的发展与真如寺的兴建结下了不解之缘，甚至真如的名字也由于真如寺而得名。正是有了真如寺的创建，才有后来真如的繁荣和兴盛。

1320年，高僧妙心把位于官场(今大场附近)的真如院移建到桃浦，同时向政府请求将院改为寺。从此，围绕真如寺，真如得到了较快发展，"缘寺成市，由寺成镇"。在古代，镇是一个衡量人口数量的经济概念，一般要人口、商业繁荣到一定规模才能称镇。镇的规模一般要比市大。真如在1509年以前称市，经过近一百年的发展，1605年就达到镇的标准了，成为远近闻名的商业重镇。自明代到民国初年，真如的商业相当繁荣，一直是一个商业市镇。

真如——千年古镇　璀璨明珠

清代乾隆、嘉庆年间，宝山县先后遭水、旱灾荒。地方政府设立了"厂"，对灾民进行救济，当时真如境域主要由真如厂负责济灾。由于厂管理便捷，随着时间推移，厂逐渐取代了乡的功能，开始管理地方行政事务。在古代，镇是一个经济概念。到了清末，镇由原来的经济概念逐渐演变为行政单位。不过在镇作为行政称呼之初，乡的地位一般要比镇高。清宣统三年（1911年）清政府推行城、镇、乡自治时，真如厂改称真如乡。

民国十六年（1927年）7月，上海成为特别市，1928年7月，真如改乡为区，划属上海特别市管辖。上海沦陷期间，1938年4月，真如撤区。为加强对人民的统治，日伪政权在真如设立了镇公所，真如历史上第一次有了镇的行政建制。

抗日战争胜利后，真如镇的行政机构被取消，重新由区直接领辖。

上海解放后，成立了真如区接管委员会第一接管办事处，治理境域事务。1950年2月19日，真如镇各界人民代表会议召开，撤销第一接管办事处，成立了镇人民政府，为区辖镇。1955年10月镇人民政府名称改为镇人民委员会。1958年10月26日，真如划归嘉定县管辖，镇的建制一度撤销（1958—1965年）。1965年3月，恢复镇建制，成立镇人民委员会，隶属嘉定县委。1967年9月改为镇革命委员会，1980年复名为镇人民政府，直至今天。

第三节　因寺成镇　缘寺得名

元代以前，人们习惯上把现在的真如境域称为"桃溪"。桃溪名称的由来最早可以追溯到五代十国时期（907—960年）。当

桃溪名称的由来

桃浦河沿岸风景

时江苏和现在的上海以及浙江地区由吴越国统治。统治者沿吴淞江从苏州开始到入海口，疏浚了大大小小36条纵浦，桃浦为其中之一，南北贯穿本镇。由于桃浦河沿岸多植桃树，人们就把这方土地称为桃溪。桃溪的称呼一直延续到真如寺的创建。真如寺创建后，将境域称为真如。

缘寺得名

真如的发展是和真如寺的兴建紧密结合在一起的。元代延祐七年（1320年），妙心和尚把原来建在宝山县大场附近的真如院移建到了桃浦旁边，并改名真如寺。真如寺建立以后，境域得到了大规模的开发和发展。大量人口涌入真如定居、经商，真如很快发展成为一个"编氓鳞比，商贾麇聚"的商业重镇。地缘寺名，就称为真如了。

真如，本来是佛教的语汇，意思是指事物的本来面目。《成唯识论》说："'真'谓真实，显非虚妄；'如'谓如常，表无变易。"通俗地说，就是真实，不存在虚妄，一切如常，常如其性，很少变化，所以叫真如。

简言之，真如镇因为境内的真如寺而得名。

古镇真如牌坊

实践与思考：

1. 知识小填空

真如地域面积_____，属于_____气候，年平均气温_____，年降水量_____，降雨主要集中在_____季。

2. 知识回顾：古代真如分别隶属于哪些州县管辖？

3. 参观真如历史文化陈列室，说一说我们脚下这片土地从桃溪到真如的变迁。

第二章

农耕文化育商贾

真如在元代之所以能兴起，得益于真如寺的兴建和农业的发展。在这两方面的交织作用和影响下，真如商业、文化得到了极大的发展。在商业上，真如成了"编氓鳞比，商贾麋聚"的重镇；在文化上，真如人才辈出，琅琅诗书之声，不绝于耳，一片鼎盛景象。

第一节　传统农业　种豆植棉

棉花种植业的兴起

由于地质的原因，真如境内的土质以沙壤为主，间有菜园干沟泥、沙泥。由于沙质土不能很好涵养水分，因此不适宜种植水稻。宋代以后，棉花逐渐在江南得到推广，进入元代，黄道婆从海南岛黎族那里学会了先进的棉纺织技术，并将它带回家乡上海。经过一个时期的试种、推广，自明代真如本境也开始大规模种植棉花。在长期的种植和推广过程中，农民们摸索出了棉豆（北宋时期推广到南方）间植，以肥地力的

小辞典

本地谚语多农谚，采录于下：

"百年难遇岁朝春"

"立春落雨到清明"

"元宵大风油如金，惊蜇闻雷米如泥"

"春雨甲申，米价如金"

"清明断雪，谷雨断霜"

"冬前不见冰，冬后冻煞人"

黄道婆

方法。此后一直到鸦片战争以前，农业一直以植棉种豆为主。棉花的大量种植，使本地手工织布业兴盛，手工纺织品交易成为商业贸易中的最大宗。真如镇因此商业发达，市场繁荣。

蔬菜种植业的兴起

鸦片战争以后，由于外国洋布的大量涌进，传统手工织布业逐渐衰落。同时租界日益兴起，上海人口数量在十九世纪后期迅速增长，租界对蔬菜的需求量激增。真如由于地处外埠进入市区的咽喉地区，逐渐成为上海西北部蔬菜集散中心。在利益的推动下，本地农民逐渐放弃了棉花种植，开始为城市居民种植、提供蔬菜，种菜业逐渐成为主要农业产业。二十世纪初至四十年代，真如先后创办了中华农学会农事实验场、江苏农场、金氏耕牧实验场等12个农场，采用当时国外良种、新技术和经营管理方法，对我国农业的发展起了一定的积极作用。

第二节　编氓鳞比　商贾麋聚

江南巨镇

元明时期，真如因寺成市，周边农村在植棉、家庭纺织基础上，形成以收购棉花、土布为特点的商业服务业。真如成为农村物资交流集散地。出现了纺纱、织布、榨油、做豆腐、酿酒、锻铁、做竹木器等手工业，商业开始繁荣。

全镇商业区分为三大片，即市街、杨家桥和上海西站。市街是老商业区，清乾隆年间，镇东西2里，南北1里，有店铺200多家。杨家桥在清代还是一个小荒村，沪宁铁路通车后才逐渐热闹起来，是民国时期发展起来的集镇，到解放前夕有小商店33家。因抗战前暨南大学几经变迁、改名，1923年暨南学校迁入真如，上海西站附近学生往来较多，有饮食、服装、小百货店、书店数十家。同时真如又地处嘉定、上海两县交通要道，遂客商云集。真如商业在清代乾隆、嘉庆时期达到了鼎盛，谚称"铜真如"。历来被看作是"编氓鳞比，商贾麋聚"之地的真如，号称巨镇。

真如三大商业

布业、米业及蔬菜业，是真如历史上占据重要地位的三大商业行类。

1. 布业

真如境内地势平坦，河道纵横，一片江南水乡面貌。明清时期，农民大多以种植棉稻为主，农闲时辅以打鱼，男子耕种农田，

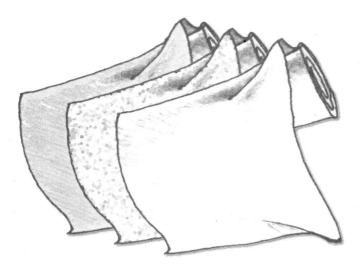

妇女从事手工纺织。那时，农民家中大多备有手摇或脚踏的纺纱机和木制的织布机。农民把自己种的棉花，在集镇上加工成棉花絮后，再自纺自织。农妇纺纱的时候，将加工过的棉花絮，用双手搓成一支支的棉条，在纺纱机上纺成棉纱线。纱线积到一定数量后，用浆水浆过，俗称浆纱，然后选择晴天在村间空旷场地上搭起架子，进行晾晒穿梳，最后装上织布机，才能开始织布。织成的布阔一尺二寸余(老尺)，50尺长为一匹，都是白坯，也可以送去染坊加工染色，成为各种花布。这种布在民间俗称为杜布，自给自足外，多余的就拿到真如杜布交易市场销售。

杜布交易市场设在真如镇北弄一带。据王德乾《真如志》记载，"真如地区，女工殊为发达，盖地多产棉，多习纱织，……所织之布名杜布，缜密为全邑之冠，年产百万余匹，远销两广(今广东、广西)、南洋(今东南亚地区)、牛庄(今辽宁营口)等地。"明清时代，真如镇的商业就以杜布交易为大宗。开始的时候，在北弄一带开设了数家布庄，以此为中心，在周围开设了杂货铺、粮店、点心店、酒店、南货店、皮匠铺、茶馆等。于是群众将这一带习称为杜布交易市场。

当时生产杜布的地区，除真如外，其他如彭浦及嘉定地区以及吴淞江以南，开辟租界之前的草鞋浜等地农村妇女，也纺织此种杜布。农民家中多余的杜布都拿到真如杜布交易市场销售，所以当时杜布交易市场的贸易十分兴旺，年收购量一般达到100多万匹。

鸦片战争后，民间手工业的杜布生产受到各种打击，生产和销售日渐衰落。北弄一带的杜布交易市场也逐渐消失。

2. 米业

伴随蔬菜业的发展，米业发展于晚清。镇上在民国初期设有米业公所，由王志祥、张洽泰两家大米商主事。坐落于谈家栅7号的杨恒盛米号开设于民国元年（1912年）2月，寺前街26号的陈协茂切面坊开设于清光绪末年，都是一些历史悠久的粮店。

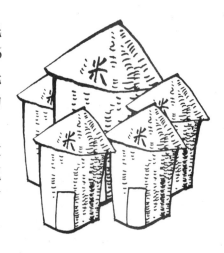

真如米业于沦陷时期畸形发展，敌伪实行粮食统制，市民配食六谷粉，租界居民又因避战而大增，市区粮食奇缺。1938—1941年，本镇米店多达74家，以大兴、汇源、永丰为最大，系汉奸秦祖荣、金卓伦所开。每天销售100石（每石为78公斤）左右。这几家米店一度还组成米业公司，妄图统制专卖。米业公司一张姓职员，每天带学徒在俞家弄大路观察，见买米人蜂拥即命学徒奔回公司涨价，米价一日数涨已成常事。一买米者，因上厕所，一斗米就多付几个鸡蛋钱。

该时期除米店外，还有许多人用自行车，从诸翟、华漕贩米来真如出售，每天也有二三百石。前来购米者，多市区居民，当时真如到市区，必须经过曹家渡。敌伪就在曹家渡设有关卡，规定市民每人每次许携一二斗（每斗为7.8公斤）入市，故每天有大批市民来镇"背米"。

这种畸形状况延续至1941年，当时日军加强了对粮食统制政策的执行力度，真如米业从此开始走向衰落。1949年，真如市街仍有米粮号23家，杨家桥有10家，以满足四周菜农食粮之需。

今天的真如蔬菜交易市场

3. 蔬菜业

清末民国初年，由于洋布大量涌入，租界日益兴旺，蔬菜需求量扩大，真如镇周围的棉田逐渐被蔬菜所代替，真如成为上海西北部地区主要的蔬菜集散中心，蔬菜业也成为真如镇最主要的产业。解放前菜行多在东栅口、水塘街、北弄、梨园浜等处，较大的有江仲卿、高云山、金阿四、陈秋荣、许伯生、李锡芳、阿土等7家菜行，连同较小的共有20家。解放后继承传统，设有上海蔬菜公司第五经营部、种子商店等，为农村蔬菜种植服务。

真如羊肉是闻名江浙沪的传统风味小吃，始于十八世纪，已有200多年的历史。

羊肉，性温，有强身健骨补血的作用。上海人食羊肉自立秋至立春，用于驱寒。嘉定农民有伏天食羊肉传统。旧时，每天凌晨三时半，农民上街泡茶馆，四时半许，进羊肉馆要上一碟羊肉，酌一二两白干，嗣后一碟羊肉汤面，即下田头。

真如羊肉与传统早膳

真如羊肉品种有白切、红烧两种。

白切羊肉，又称"阿桂羊肉"。以北石村人王阿桂的独特制作方法得名。活宰山羊，连皮切成小方块，先出白水，再在陈年老汤中焖熟，呈粉红色，有色、香、鲜、酥的特点。旧时，阿桂羊肉日售量在150公斤以上。王阿桂的儿子在朱家湾、北新泾还设有分摊。

红烧羊肉，又称"生糟羊肉"。民国初期，扶栏桥东有赵群林、赵云山兄弟，每天清晨在北大街固定摊位出售自制的红烧羊肉，咸淡得宜；另一家以红烧羊肉著名的是李润强的余庆祥羊肉店。制作方法是，活宰山羊，带骨切成小方块，按小、中、大的规格用丝草紧扎入锅，然后在配有水、糖、黄酒、酱油、葱、姜的老汤中焖成。有卤浓、肥甜、鲜糯的特点，且肥而不腻，酥而不碎，食时须热锅热吃。

真如羊肉馆近貌

解放前，真如有6家羊肉馆，1958年合并为一家，名真如羊肉馆。原位于北大街83号，六开间平房大店。日销羊肉300余公斤，有时达500余公斤。1987年宰羊2 500头，采购羊11 035头，供应红烧羊肉6.25万公斤，营业额56.8万元。

每天，有许多顾客从本市各地慕名来真如享用羊肉。1986年

4月20日，时任中共中央政治局委员、国务院副总理的吴学谦来真如视察，谈起少年时随祖父来镇食羊肉的趣事，临行还特地购买了1.5公斤白切羊肉带回北京，请家人共尝。

为传承真如羊肉的传统工艺和独特风味，经镇政府申报，市政府已将其列为上海市非物质文化遗产保护对象。

第三节　士习诗书　俗尚敦厚

鼎旧　盛学 ➤

真如地处上海西北部，不仅商业兴旺发达，文化也相当鼎盛。史册记载，真如人"士习诗书，民勤耕织，俗尚敦厚，少奢靡越礼之举"。

明清时期，真如相当重视教育。本地望族大户大多延请名师，创立家塾教授本族子弟；也有外地名师在真如镇上开设学校，招收学生。同时地方政府也积极创办学校，推动教育发展。1543年由嘉定知县李贤绅牵头，建造了真如小学，这是真如历史上最早的官办学校。优越的教育环境，使真如在短短几百年间涌现出大量人才。据统计，自元代到清末，真如涌现了8位进士，30位举人。特别是进入清代以后，真如更是人才辈出。仅康熙一朝，就有2人考中进士，6人中举。真如旧学相当鼎盛繁荣。

进士名单及中举年代如下：

元　代	至正年间（1341—1368年）	侯彦明
明　代	成化五年（1469年）	李　良
	万历八年（1580年）	张　恒
清　代	康熙十五年（1676年）	李嘉猷
	康熙五十一年（1712年）	胡　宏
	光绪十八年（1892年）武科	秦绍衣
	光绪三十年（1904年）	钱　淦
	宣统二年（1910年）以留日法政科毕业赠授	张君劢

真如培养出来的读书人，在家遵循孝道，对父母十分孝敬。例如明代孝子侯士芳对母亲极为孝顺，"朝夕扶持，终身不懈"。清代孝子王树声从小失去父亲，对母亲极为孝顺。有一次母亲病了，王树声割下自己左胸旁边的肉做成汤给母亲治病，不久母亲的病得到治愈。清代的张维正也是如此，有一次家里的亲人病

了，他割下大腿肉为亲人疗病。这样的故事在真如的历史上不是少数，除了上面两位外，清代的侯模也曾经割下左手臂的肉，将其捣烂，敷在亲人身上以治病。侯模不仅对父母很孝敬，对两个弟弟也十分关心疼爱。先辈读书人对父母亲人的孝心在真如传为美谈。

此外，真如的读书人对家乡的公益事业也非常热心，有一定经济能力的，会踊跃拿出自家的钱物创办义学、修桥铺路；或者为家乡读书人传道、授业、解惑，这种情况一直到清末也未曾改变。清光绪年间，真如厂董陆毓歧、王家芝等在宝善堂设立真如义塾，聘请塾师教育子弟。在外做官的，大多能坚持节操，为百姓办实事，造福一方水土。

新学的勃兴和繁荣

1905年，清政府废除了科举制，标志着传统旧学的终结。从此，新式学堂在各地纷纷兴起，真如也不例外，兴办了宝山县真如公办初等小学堂。这是本镇创设近代新制小学的开始。1908年，又创办了公立女子初等小学堂。进入民国后，两校先后改为乡立第一国民学校和乡立女子国民学校。1916年，徐东坤将真如两等小学（上海基督教监理会创办）高等科改为乙种商业学校，这是真如最早具有初等职业学校性质的学校。这是本镇境内第一所大学。同时，该校中学科为镇境内最早的新制中学。1925年华夏大学在境域创办，次年5月又创办了东南医科大学。1929年7月，国民政府司法部孙逵方主持筹建法医研究所（1932年8月落

暨 南 大 学

玉华中学校舍

成，共有职工30余人，附设法医研究生班，招收研究生20余人，所舍毁于八一三战火）。二十世纪三十年代初，本镇开始设立幼稚园。在业余教育方面，？？？？年郜爽秋在真如公团设立沪西教育实验区，开展业余教育。

至1949年解放之前，真如初步形成了比较完善的各级教育体系。据统计，当时全镇有小学4所，25个班级，1 305名学生；中学1所，6个班级，200多名学生。

新中国成立后，人民政府十分重视真如的教育事业。在短短几十年时间里创办了大量学校。据统计，到九十年代初，真如全镇共有16所幼儿园，54个班级，入园幼儿2 046人；中学3所，在校学生1 776人；小学6所，在校学生3 482人。真如教育在数量提高的同时，质量也较过去有较大的提高。1954年上海铁道学院迁入真如，截至1990年底，该校在院学生3 879人。此外，为适应社会发展需要，真如的中等专业教育和职业技术教育在解放后也蓬勃兴起。1990年，真如有上海市第二人民警察学校和上海农业银行学校两所中等专业学校以及上海市蔬菜第二经营部学校、武威中学两所职业技术学校。

跨入新世纪，真如镇的教育事业有了进一步的发展。目前，辖区内共有中学6所，其中完中1所，九年一贯制学校1所；小学6所；幼儿园9所，早教指导中心1所；占地面积64亩、建筑面积68 000平方米的曹杨职校正在建设中。

实践与思考：
1. 动脑筋：古代真如经济繁荣，文化鼎盛的原因是什么？
2. 课堂小讨论：真如从古代到近代，农业、商业、文化经历了哪些变化？
3. 参观鲁汇基地，写一篇关于农耕文化在我国民族文化发展中作用的小论文。

第三章

道路曲折蹒跚行

鸦片战争以后，外国商品大量涌入上海，真如深受其害。传统兴旺发达的手工业在其冲击下，日益走向衰弱。真如经济开始了艰难转型，近代新兴的机器工业逐渐取代了传统手工操作。真如的近代化道路异常曲折，发展相当缓慢，新中国成立后，真如迎来了发展的春天。

第一节　传统产业　走向衰落

传统布业的衰落

古镇真如，一直以来就以手工业著称。标布、翔套、杜布是真如从明清以来农村手工纺织的传统产品，还有如榨油、豆腐、酿酒、锻铁、竹木器等手工业。清代《真如里志》记载，当时真如生产的标布有紫、白两种颜色，农妇每天工作都很辛苦，一般晚上都要通宵干活。一个晚上可以织成一匹布（当时的一匹相当于现在7米左右），织好以后，早晨把它拿到市场上卖掉，用换

农妇深夜勤于纺织

来的钱买生活必需品。真如的家庭手工纺织，每年可以生产出一百多万匹纺织品。民国时期真如生产的杜布、翔套，品种有棋花布、紫花布等，畅销福建、广东、辽宁等地，有一部分甚至远销东南亚。即使到了1928年，真如境内的农户，不论贫穷或者富裕，都有织布机或者纺车，数量从一架到数架。

太平天国时期，北弄杜布交易市场毁于兵灾。真如传统手工业遭受了严重打击。此外，鸦片战争以后上海开埠通商，洋布大量倾销，外商纷纷在沪开设纺织厂，洋纱洋布垄断了整个上海市场。真如传统手工业经受了长期而又痛苦的冲击，农民生活日益艰难。十九世纪末，上海租界成为动荡社会中相对安宁的避风港，大量人口涌入，每天上海市区和租界对蔬菜的需求量大大增加。本地手工业者开始改行种植蔬菜。镇上的居民，包括镇四周农民吃的大米、穿的衣服慢慢地都需要依靠外地输入。

为适应洋布销售，本镇销洋布的棉布店应运而生。周如玉在北大街东段开设的周源顺号，是本镇较早的布号，民国初年每天平均营业额达到近千元。后又有周莲波的西周源顺，张义良的鼎源祥，何俊杰和王兆春的协昌祥、义昌祥及蒋大成等号。1924年齐卢战争以后，特别是1932年"一·二八"战火中，许多民居被日军轰炸，真如杜布交易市场逐渐消失。

第二节　艰难转型　曲折前进

近代工业的发端 ▶　真如的近代工业开始于清代末年。上海开埠后，外国资本家在上海兴办了一些近代工厂。与传统手工业相比，西方的机器大生产在生产技术、管理方法、劳动效率、产品质量上均占有很大优势。外资企业凭借雄厚的资金、领先的技术优势，逐渐把传统手工业产品排挤出了市场，获得了高额的利润。

在外商丰厚利润的刺激下，中国一部分传统手工业作坊主、商人、官员把资金投入到新兴工业，他们希望与外国资本展开竞争，振兴中国的民族工业，真如的商人也是如此。他们开始把资金投入到一部分新兴产业，获得了相当丰厚的利润，对社会的发展起到了一定的推动作用。下面是真如地区近代创办的一部分工厂资料：

1907年，杨伯渔与杨荣逵、姚兴义合资5万元，开设了合兴义轧花厂。该厂有16匹马力柴油机1台，轧花机15台（后来增加为24台），轧花厂长期雇用20多位工人进行生产。

1924年8月，甘元桢、赵正平等开设了真如电气公司，购置了50匹马力发电机1台，发电能力37千瓦，为暨南学校以及真如、杨家桥等集镇少数用户供电。

之后，真如工业长期没有新的起色。从1938年到解放前夕，仅杨家桥有过两家小厂。陈兆峻、管信卿创建了申丰面粉厂，该厂每月能轧500担小麦，抗战胜利后一度歇业，1947年11月重新营业。另一家为洪盛染织厂，1947年10月由杨青娥创建，该厂有57台木制手摇车、2台弹毛车，雇用了24位工人，职员2人。

总之，在近代，真如工业的创办和发展十分缓慢，这种局面直到新中国建立后才有所改观。

第三节　历经战乱　古镇新春

近代的真如一方面是传统产业的衰落，另一方面是近代工业的缓慢发展，这是一个长期而又曲折的历程。真如在近代创办的新兴工业，由于战争等原因，发展相当缓慢。

真如地处交通要道，为兵家必争之地。民国时期，战争不断。境域曾遭受四次较大规模的兵灾。兵灾的频繁爆发，严重打乱了真如经济建设步伐，破坏极其严重。

1924年浙江军阀卢永祥和江苏军阀齐燮元之间爆发了齐卢战争，结果卢永祥战败。10月12日，卢永祥的部队退守真如，镇民老幼妇孺千余人向南避难，被沪杭甬护路队阻拦，被掠夺的东西堆积如山。晚上，镇上40多家商店被抢劫一空。13日，江苏军阀齐燮元军1万多人来到真如，他们把南阳宅到沿铁路的各个村庄、每户居民掠夺一空，抢劫的银钱衣物，数量惊人。当时从镇上到暨南学校桃浦河上的船只都装满了掠夺来的东西。镇上很多居民被杀，以前繁荣兴盛的南横街、穿心街、南大街等街面，都化为焦土。此外，本镇的猪、羊、鸡、鸭、耕牛都被宰杀得一干二净。这次兵灾对真如打击十分严重，据统计镇上居民直接损失达到300万元以上。

遭受日军轰炸后的凄凉场面

真如人民刚刚从齐卢战争兵灾中有所恢复，马上又遭受了"一·二八"战火重创。1932年"一·二八"战争爆发，真如是主战区。从1月29日14点50分到2月28日日军进入真如这1个月时间里，侵华日军每天都对真如狂轰滥炸。据统计，日军出动了超过240架次的飞机，在真如境内扔下了至少370枚炸弹。镇上的居民深受其害，至2月28日真如地区的居民和暨南学校学生死亡25人，受伤73人。十九路军转移后，日军进驻真如。日军以暨南学校为据点，派出便衣队，分散到各乡村，搜捕烧杀。从镇上向四周观望，每天火势不少于40起。日军的残暴活动，造成了真如地区有2 600多户居民无家可归，18 000多人受害。真如刚刚恢复或者发展起来的新兴产业被摧残得一干二净。

1937年，日军发动了"八一三"

"八一三"战争侵华日军在真如的暴行

1989年4月，日本法律文化出版社出版了原侵华日军士兵小原孝太郎的《从军日记》一书，其中记述了他12月1日路过真如的情况："过了中山路临时车站，可以看见遭到破坏的星星点点人家，队伍继续沿着铁道前进，到处可以看到战死者的坟墓"，"复线铁路均遭到破坏，很多地方已见不到铁轨"，"真如车站前面有一所叫暨南大学的国立大学，大学对面高高耸立着一座电讯塔，附近到处可以看到战马的尸体……一具具中国士兵的尸体被汽车压成肉饼，惨不忍睹。"寥寥数语勾勒了真如在沦陷后的惨景。

战争，真如又首当其冲，深受其害。据统计，在"八一三"战争中，全镇被毁房屋2 485间，外出逃难的镇民被杀20人，失踪9人，70多人被炸死；120余人受伤。沦陷后的真如，惨不忍睹，一片凄惨景象。

1948年下半年开始，国民党在真如构筑了大量碉堡、壕沟和铁丝网，布置了大片地雷阵，侵占破坏了大量农田。整个真如，有2 462户居民受害，被拆房烧屋2 829间，破坏耕地13 000亩，损失农具6 800多件。

在短短25年中，真如就遭受了4次战争重创，连绵战火严重破坏了真如的经济建设，使得刚刚起步的现代化进程中途夭折，动荡的环境是真如后来经济长期没有起色的重要原因。

此外，真如的工厂一般规模都比较小，在资金、技术上无法与外国企业相比，只能占据低端市场，这也严重束缚了真如的发展。

总之，在新中国成立之前，真如虽然出现了近代工业，但是由于各种原因发展十分缓慢，新兴产业十分稀少，直到 1956 年社会主义改造以后，真如的传统作坊才渐渐为机械所取代。

新中国成立后，结束了中国近百年的社会动乱，实现了国内的和平与稳定。党和政府领导各族人民为实现中华民族的伟大复兴，群策群力，解放思想，勇于创新，实现了经济的高速增长。真如迎来了发展的黄金时期。

解放初，通过实现社会主义改造，真如改造了原来的产业，同时又创建了一批现代企业。下面是解放初期真如镇工业概况：

1. 有现代工厂 37 户，其中国营 9 户，公私合营 4 户，私营企业 24 户。分布在光复西路真北路一带，制造的产品有化学制品、蜡纸、粮食、五金、文具、石灰、无水酒精、瓶套等。

2. 手工业工场 94 户，个体手工业 289 户，共 383 户，从业人员 1 252 人。生产生产资料的 26 户，其中农业生产资料方面 19 户（已组织起来的不统计在内），日用消费品生产的 136 户，接受国家任务的 17 户，包销定购接受国家任务私加工的有 25 户。

解放后，真如镇境内相继开设了一些工厂，主要分布在曹杨路、交通路沿线。自 1956 年域北开辟桃浦工业区开始，真如建立了比较完善的乡（社）办工业（镇属经济前身）。真如的乡办工业经历了几个阶段：

1. 乡（社）办企业的起步及调整时期（1949 — 1978 年）

1957 年，27 个高级农业生产合作社中有三分之一办了农具修配站。1958 年 9 月，由 5 个乡内 46 个高级农业生产合作社组织成长征公社。截至 1958 年底，全公社共有小工厂 56 个，职工 1 440 人。

经过几次整顿、调整，至 1959 年底真如的乡办企业分为机械农具、化工、轻工、建筑材料 4 个条线，共有社办工厂 12 个（机械厂、农具厂、综合化工厂、建筑化工厂、橡胶厂、砖瓦厂、水泥厂、石灰厂、船厂、蔬菜加工厂、炼焦厂、服装厂），职工 934 人，初步解决了公社范围内的小农具、农药和建筑材料的需要，补充了大工业的不足。1959 年全年工业产值 718 万元，相当于 1958 年工业总产值的 5.2 倍，工业产值占工农业总产值的比重从 1958 年的 7.52% 提高到 1959 年的 33%，社办工业的上缴利润为 71 万元。

1960年下半年，社办工业整顿了一批工厂，压缩了喷漆等15种产品。至年底，社办工厂尚有11个，职工818人。工业总产值1 073万元，上缴利润146万元。

1961年长征公社分出江桥、桃浦两个公社。长征公社直属的有农具和蔬菜加工两个厂，职工共590人。当年工业总产值为326万元，仅是上年的30%，利润为82万元，是上年的56%。1962年6月社办工业所属各单位共精简职工178名，占上年年底总人数的30%。1963年因蔬菜供应紧张，蔬菜加工厂转为综合加工厂，从事加工鱼类、中药材及生产牛奶杏仁露等，仅有职工26人。1963年社办厂的产值107万元，利润仅22.3万元。社办集体工业的经济效益降至历史最低点。1966年综合加工厂改名为长征第二化工厂，主要生产醋酸钠、硫酸锌、火漆等产品。

"文化大革命"期间，社办工厂的数量、规模、加工生产品种仍有所发展。1969年，社办工业有职工744人，总产值978万元，利润总额100万元。到1978年，职工增加到1 352人，总产值1 723万元，利润总额240.8万元。

2.乡（社）办工业的新发展时期（1978—1990年）

中共十一届三中全会以后，在国家税收、贷款等方面的扶持和城市大工业的支援下，长征公社发挥了社办工业"面广情报多，厂小调头快"的优势，形成了自己的发展特点。

真如镇办工业

（1）利用地理优势争取产品

长征乡地处市郊结合部，征地频繁，利用征地向市属工业单位争取产品发展乡(社)办企业。1983年取得了上海钟表材料厂表壳、底盖毛坯的加工业务，建立了长征表壳厂。1986年承接上海印钞厂印刷加工，开办了长征印刷厂。

（2）开展与城市大工业的横向联合

1979年，长征公社与上海第一织布工业公司联合建办长征色织厂（属上海第一批联营企业），主要生产色织布。长征机械厂原来只有大工业配套修理和制造小型罗茨鼓风机，1985年和上海鼓风机厂实行技术联营，改名上海鼓风机厂长征分厂，不断开发新产品，形成罗茨风机系列产品。到1992年乡办联营企业有11家，其中技术联营4家。

（3）依靠科技进步，开展技术改造，加速产品升级换代

1983年，长征第二化工厂建厂，并开发了新产品——虎皮灵（水果防病剂）、橡胶防老剂。1988年该厂又依靠自身的技术力量试制出另一产品抗氧奎，应用在饲料工业上，可作饲料防霉剂。1989年购买专利生产了PM防霉防腐剂。 1989年，该厂利润达128.24万元，较1983年增长32%。长征综合化工厂于1987年初配制成蔬菜专用复合肥，抢先占领了市场。1991年该厂改革了工艺设备，减少了原填辅材料的浪费。是年该厂利润为168.5万元，

真如镇办工业

比1987年增长29%。上海鼓风机厂长征分厂于1991年将微电脑数控技术应用于罗茨风机的加工工序上，加快了加工进度，产品质量有明显提高。

到1990年，镇属工业发展到29家，固定资产1 023万元，职工1 460人，全年产值3 934.32万元，利润397.13万元。

商业的恢复与发展

解放后，真如仍承传历史上的商业结构，真如蔬菜合作社、上海蔬菜公司第五经营部和大型种子商店相继开设，并带动了棉布、百货、生产资料各行业。到1952年真如的商业逐步恢复。1958年实施撤网并店，经济体制和供销渠道日趋单一，到1965年，仅有24家商店，行业门类稀少。

党的十一届三中全会后，真如镇的工商业又获新生，第三产业和私营商店如雨后春笋般蓬勃发展起来。真如利用自身地理优势，开设了沪西果品市场、曹安路农贸市场和水产市场，形成了全市最大的瓜果交易和葱姜交易市场，每年的营业额达数百万元。随着真如西村、真北新村等大批住宅新区的竣工和铁路上海西站的发展，形成了为居民和旅客服务的商业、服务业网络。其中饮食、食品杂货、百货、建材和装饰小五金及旅馆各业发展较快。原有的南大街、北大街、兰溪路、曹安路，新辟的北石路、大渡河路均成为繁荣的商业街，商品陈列琳琅满目。真如

沪西果品市场

镇的集贸市场也呈现一片繁荣景象。1992年全镇集贸市场成交额达2 022万元。到1990年，全镇商业网点共1 932家，镇属第三产业81家，全年营业额2 241万元，利润总额211.36万元。

实践与思考:

1. 课堂讨论: 近代哪些因素阻碍了真如经济的发展? 新中国成立后, 党和政府采取了哪些措施发展经济, 真如的经济发展经历了哪几个阶段?
2. 参观活动: 参观一家镇办企业, 听管理人员讲解企业变迁过程。

真如——千年古镇　璀璨明珠

第四章

春风化雨艳阳天

改革开放以来，真如人民解放思想，抓住机遇，开拓进取，加快发展，把真如的经济建设和各项社会事业推向了一个崭新的发展阶段，真如发生了翻天覆地的变化。

第一节　经济车轮　滚滚向前

当二十一世纪第一缕阳光照亮真如 6.09 平方公里土地的时候，展现在世纪老人面前的是 11 万镇民脸上安定、祥和的笑容，不断攀升的经济增长势头，日益亮丽起来的城区面貌。真如以经济建设和社会发展的光辉业绩，向新世纪献上了一份厚礼。

脱胎换骨
创新业

由于市场竞争的加剧以及企业管理等因素，以电子、仪表行业为主的工业企业，1990 年生产出现严重滑坡，产值较 1989 年下降 37.8%，利润下降 26.5%。真如镇的工业企业面临严重的生存危机，产品滞销，大批工人下岗待业。

改革，是摆脱困境的根本出路。镇政府加大了对镇属企业改组、改革的力度，为提高经济运行质量，撤销了带有行政性质的镇属公司机构，把经营决策权还给企业。对歇业破产、资不抵债的企业进行了改组、改制，15 家企业建立起现代企业制度，84 家企业实施了兼并重组。同时做好医疗费的清欠工作，彻底解决镇属企业拖欠的 235 万元医疗费，投入 1 000 多万元，对部分职工进行分流协保。对发展前景看好的企业重点扶持，扶持了华立塑料制品厂、永生助剂厂等优势企业的发展；同时 79 家企业扩大了企业自主经营权。

华立塑料制品厂通过拓展不仅偿还了1 800万元的欠债，而且固定资产、税利收入、员工工资大幅度增长，产品远销泰国、印度，到2000年创利300万元。

永生助剂厂是生产电镀光亮剂的精细化工厂，该厂生产的电镀光亮剂已有八项填补国内空白，两项赶超世界水平，人均创利10万元。

真如的工业企业不仅走出了低谷，突破了困境，而且参与了国内外竞争，到全国各地、甚至到南非去拓展市场，不断壮大发展。

改善城区环境，提高居住品位，离不开房产业。在新世纪初，真如的房产业有了长足的发展，一度成为真如经济的龙头产业。据2002年1—6月份统计，镇房产业共完成税收1 555万元，比上年同期的361万元增长了331%，全年房产业的税收达到了3 000万元。

龙头经济——房产业

阳光西班亚小区

恒力锦沧小区

真如房产公司 10 年前是个名不见经传的镇属小企业，但是经过 10 年的奋斗，公司取得了丰硕成果，旧城改造竣工面积超过 20 万平方米，商业旅游小区开发，杨家桥小区、金鼎花苑的建设彻底改变了真如城区面貌，企业晋升为二级资质企业。

近几年真如镇又引进了真情房产、金鼎房产、三正房产、嘉发房产、晟隆房产等房产企业，加盟真如经济，为城区改造和政府的财政作出了巨大的贡献。

经济建设插上腾飞的翅膀

最能体现真如经济跨越式发展的是一些朝阳产业，如现代都市型工业、物流业和旅游业，这三种产业在真如已初具规模，发展前景非常广阔。

铁三角工业区

发展都市型产业，就要搞好园区经济，提高工业聚集水平，培育新的增长点。为此，真如正在尽快形成工业的行业集聚，建设"主题工业园"和"高科技工业园"。加快 17 万平方米的"铁三角"真如工业园区的建设，加大真南路 2548 号都市型示范区的招商力度，引进一批生产上规模、技术上水平、经济上效益的企业，培育以方大药业为代表的若干个工业"小巨人"。"铁三角"真如工业园区确定发展以生物医药、印刷包装等为主导的都市型产业。

真如镇有着 700 多年的历史，文化底蕴深厚。文化产业是真如经济发展的强大助推器。因此，要大力挖掘真如旅游文化资源，整体开发兰溪路，形成以真如寺庙为标志，河道风光、历史画展、景观道路、现代化建筑为映衬，集"行、游、食、住、购、娱"于一体的特色商业旅游区。预计年旅游业的税收可望达到400万元以上。

真如镇党政领导以经济建设为中心，克服困难，更新观念，基本实现计划经济向市场经济、数量招商向质量招商、微观管理向宏观管理的转变，初步形成经济发展新格局，大大增强了经济发展后劲，充实了可支配财力。2007年全年完成税收1.678亿元，同比增长23.5%；区级财政收入完成6 206万元，同比增长20.77%。

筑巢引凤 ➤

真如镇经济除发挥自身优势，走丰富内涵之路之外，还十分重视筑巢引凤，招商引资。上世纪九十年代以后，随着招商工作取得重大进展，镇政府加大了招商力度，建立、完善了招商激励机制，采取不同的服务方式，使外来企业在真如镇安心入驻，满意落户。1999年组建了招商引资办公室，在不到5个月的时间内就超额完成了区下达的招商三千万指标，到6月底已成功引进10家企业落户真如，完成企业注册资金3 110万元的招商指标。2007年真如镇招商引资已办和正在办证项目131个，注册资金9.78亿元。这些项目的启动成为真如镇经济一个闪亮的增长点。

真如镇在招商引资方面具有以下三个特点：

一是引进科技含量高、发展前景好的企业。一批电子、生物医药、新材料等科技含量高的项目加盟真如镇。

例如，新引进的吉林通化方大药业股份有限公司，2003年起

方 大 药 业

上海安吉名流汽车销售公司展厅

在桃浦工业区投资生产治疗癌症、尿毒症等疾病的新药，其中一种为国家一类新药；上海恒生电子有限公司、上海长城宽带网服务有限公司提供的技术开发或技术服务，都具有较高的科技含量。这些企业的加入在很大程度上优化了镇的经济结构。

二是注重税源结构，侧重产生地方税的企业。据统计，仅2002年上半年，餐饮业、房产业落户真如的就有好几家，为全镇税基进一步扩大奠定了基础。加上新引进的海上皇宫等一批较大的企业，2002年都已经出税，为真如镇的经济增添了新的活力。

三是项目规模较大。例如，方大药业公司投资约2亿元，用地72亩，预计投产后年创利税可达2亿元；台湾顶新集团在铜川路、子洲路口兴建的大型社区综合服务楼，投资约1.2亿元，内设乐购大卖场、儿童乐园等项目，建设面积3.4万平方米。

仅2001—2005年真如镇就引进企业603家，注册资本14.45亿元。新引进的企业中，包括安吉名士、名流汽车销售公司、海屹达大酒店等规模较大、带动作用较强的企业。2007年招商引资工作进一步加强，年内已办和正在办证的项目多达131个，注册资金9.78亿元，给真如镇的经济总量带来了较好的回报。

第二节　百物汇聚　商贸重镇

真如镇是市郊结合部商业发展较早的集镇。早期繁荣的商业由于近代动荡的社会，在民国时期普遍走向了衰落。解放后，真如的商业得到了恢复和发展，特别是改革开放后，真如的商业有了一个飞跃。随着二十世纪九十年代中后期浦东大开发的带动，真如商业又进入了新一轮的发展阶段，迎来了真如镇商业真正的大发展、大变化。

流光溢彩的街市

过去我们谈起真如的商业街市，总离不开真如市街、杨家桥和上海西站这三个网点，而现在的商业街市与以往的街市已不可同日而语，老街旧貌换新颜，更加繁荣昌盛；新的商业街市不断涌现，流光溢彩中透出诸多现代化气息。

真如商业街夜景

地处普陀区几何中心的真如，随着区党政管理中心的迁入，其区位和功能发生了明显变化，由自然镇向党政管理中心转移。在区政府、上海西站周边地区发展以商务办公楼、酒店服务业为重点的商业街市时机已经成熟，大渡河路商业街已初具规模，真光路、真北路、铜川路等交通干道的商业街也初见端倪，新村里弄也建成了一批又一批的商业网点。兰溪路仿古商业一条街，古色古香，引进了"童涵春"、"全国土特产商店"、"张小泉剪刀"等一大批上海名优商业企业入驻，丰富了古镇商业文化的内涵。

兰溪路商业街二期1万平方米仿古商业建筑的形态建设基本完成，兰溪路商业休闲街具有明清风格的建筑群已展现在我们面前；真光金鼎路商业休闲街的建设也正在进行中。

集休闲、旅游、购物、商贸等功能为一体的现代商业街市纵横交错地分布在真如的通衢大道上。

拥有众多的星罗棋布的市场群落，是真如镇商业的特色和优势。

商品市场
星罗棋布

建于二十世纪八十年代的曹安路农副产品批发市

电子市场

乐购真北店

场、沪西果品市场，都是在全市占有重要地位的蔬菜、瓜果经营单位。与此同时，镇还兴建了真西室内农贸市场、真如农贸市场、芝川路农贸市场，扩建了杨家桥农贸市场，完善了电子电器市场。引进200多家市内外电子企业到电子市场发展业务，使电子电器市场年销售额达10亿元以上。

于2001年开业的乐购真北店发展势头看好，仅2002年上半年就完成税收237万元，已成为真如商业新的增长点。乐购真北购物中心的开业，也带来了相当多的就业岗位。目前，已有数百个下岗、失业人员在乐购上岗就业。

为了全面提升真如商贸的品位，近年来引进一批优秀的商贸大户，它不仅改变了真如小商小贩的摊点商业面貌，而且极大地

全面提升商贸品位

增加了财政税收的来源。真如商业正在继续做好以真北乐购为中心的真光商业圈功能的完善，加快金鼎路休闲街的开发；在区政府、上海西站周边重点发展商务办公楼、酒店服务业；改造电子电器市场，发展汽车贸易市场，全面提升商贸品位；还结合蔬菜公司的改建，引进顶顶鲜连锁商业；做好与上海永达

百姓家庭装潢公司

汽车俱乐部有限公司的接洽。

上海家庭装潢行业的"老大"——百姓家庭装潢公司已在真如镇安家落户。

百姓家庭装潢公司目前拥有管理人员400人,施工人员2 000多名,产值超亿元。该公司连续两届获得上海市"文明单位"、市"信得过"家庭装潢企业,2002年又被授予"全国装饰优秀标兵企业"的称号。

1990年12月,刘振元副市长召开会议,提出了建设真如寺商业旅游小区以繁荣真如的设想。修复真如寺的一期工程已于1992年完成,当年春节已正式对外开放。第二期的修复工程,总投资达2亿元人民币的真如寺商业旅游小区已建成。真如镇提出的口号是:"以寺兴市,以市兴镇。"现在,真如人正在朝着这个目标奋勇前进,真如这个老镇将会以崭新的面貌,作为普陀区的一颗明珠,立足于上海。

第三节　现代城区　美哉真如

改革开放的春风,使历尽沧桑的古镇又焕发了青春,今天的真如,已是一个经济发达、市场繁荣、交通便捷、群楼耸立、绿树成阴、环境优美的新城区,成为真如人共同的美好家园。

住宅建设高潮迭起

早年的真如,镇内多是明清时代的大型民宅,由于地处城郊结合部,僻静而又交通便捷,民国时期一些达官贵人、富商巨贾在镇的周围建造了很多西式别墅,但多被战火破坏。解放前夕,仍然街道狭窄,房屋简陋。郁家弄、北弄、真如火车站周围,更是著名的棚户区。

1953年,镇东建造了真如一村、真如二村(今为曹杨八村),1958年建造了桃浦新村。

进入六十年代,镇住宅建设几乎陷于停滞。至1979年,建造住宅仅62 018平方米。八十年代,真如镇住宅建设开始了有计划的大规模发展阶段,至1990年底,拆

新　居

真如——千年古镇　璀璨明珠

除旧房 118 448 平方米，先后辟建多层、高层楼 750 多幢，总建筑面积近百万平方米，提供住房 14 275 套，同时设计标准也有所提高，生活空间的布局更趋合理。

九十年代以来，旧城改造和房地产开发驶上了快车道。"九五"期间，真如商业旅游区一、二期工程已竣工 17 万平方米的住宅及相关配套设施，建成了海棠苑、樱花苑等大批设计标准高、设施配套完善的中、高档住宅楼。

近年来，真如镇坚持整体规划、分步开发的原则，2001 年投入资金 1.3 亿元，完成了杨家桥东块、梨园浜、庄家弄的拆迁，动迁居民 400 余户，新建住宅 10 万平方米。同时，杨家桥中块幼儿园、敬老院封顶，金鼎花苑一期建设 3 万平方米，2002 年 6 月份交付使用。位于杨家桥东块的金鼎公寓 3.6 万平方米也已竣工。

经过 10 多年的努力，真如房地产建设取得丰硕成果，旧城改造 40 000 平方米，竣工住宅面积 500 多万平方米，新建农贸市场 4 个，面积达 12 870 平方米，不仅完成旅游小区一期开发，还参与了市重大市政工程建设。

镇现有 36 个小区，设施齐全，都有健身苑，环境优美，绿化覆盖率在 20% 以上。绿洲公寓高达 41.58%，清涧四小区达 38.07%。

樱花苑小区占地 41 081 平方米，绿化面积 12 735 平方米，绿地率占 31%。樱花苑是上海市文明小区，也是全市最早的 7 个绿色环保小区之一，小区种植樱花已有 10 多年历史。1991 年日本金城町与真如镇建立了友好关系，在小区植下了象征友谊、和平、幸福的 10 棵樱花树，樱花苑由此得名。近几年居民自费种植 15 棵樱花树，2001 年金城町和真如镇建立友好关系 10 周年时，金城町代表团又送来 110 棵樱花树，给樱花苑添上了美好的一笔。如今，这 135 棵樱花树茁壮成长，花朵满枝，含笑吐艳，成为樱花苑独特而又亮丽的风景线。

旧时真如四周公路都是泥面，只

现代真如交通俯视

有临近镇中心路段铺设了石子。小路称乡路，都是烂泥路面。旧志称"晴则灰沙眯目，雨则泥泞没踝"。民国初年陆续修筑了车站路、交通路、暨南路、三源路。这些路段中间铺石片，两旁填煤屑，质量比以前有所提高。抗战时开辟修筑的真南路、真北路、真大路、曹真路以及抗日战争胜利后改建的雨生路、守余路和杏堤路等，也多为煤屑路面。

解放后，对原有的道路不断修整、拓宽和延伸，煤屑、碎石、烂泥路面均改建为沥青、水泥路面。

在改造旧道路的同时，新的道路不断地辟增。1953年新辟了直插镇中心的兰溪路；1960年建成曹安路（今武宁路北段）；八十年代，镇西、镇北又新辟大渡河路、铜川路、芝川路等。进行了真北路北段拓宽改道、桃浦公路和交通路拓宽延伸，以及真南路拓宽等工程。道路的新建和拓宽，使真如与内环线、中心城区、沪宁铁路，与宁、嘉、浏高速公路相连相通，交通网日益完善，成为上海与浙、苏、皖等地连接的重要枢纽。

如今真如公共交通十分便捷，有01、62、105、106、117、129、136、213、852、754等四十余条公交车线路，可达市中心城区；北安线、北嘉线、机场六线……可直达嘉定、安亭、江桥、青浦、浦东国际机场等地；境内交通大众客运中心和曹杨路长途汽车站，是上海市较大型的长途客运中心，与北京以及苏、浙、皖等地相连，长途旅行也十分方便。

市容环境
日新月异

解放前，镇域的卫生状况每况愈下，不堪入目，苍蝇、蚊子、老鼠横行，粪便缺乏管理，伤寒、副伤寒、天花、菌痢、霍乱、脑膜炎等传染病流行，居民生命健康受到严重威胁。上海开埠以来，苏州河边工厂不断增加，河水污染，殃及真如。桃浦工业区辟建后，工业废水日排量达7万吨。污水不仅肮脏无比，而且伴有阵阵恶臭，严重影响人民身体健康。此外真如还遭受废气、废料、尘烟以及噪声的污染。桃浦河，1958年后鱼虾断绝，终年黑臭。

二十世纪八十年代以来，真如人民对环境污染和市容面貌"脏、乱、差"的现象进行了卓有成效的综合治理。世纪之交，镇政府为了把一个整洁、舒适、健康的新城镇带入二十一世纪，加大了对道路、河道、市容的整治力度，取得了显著成效。

1990年实现了烟尘治理达标，建成了低噪声控制区（俗称安静小区），被评为"普陀区整洁镇"。

朝阳河景观

2000年，对朝阳河两岸进行了整治，并投入50多万元，建成800米长的步道式景观。

解决了真南路、交通路积水和道路低洼不平问题。

解决了铜川路（大渡河路—曹杨路）无路灯的问题。

拆除了桃浦河两岸28家单位的2 000多平方米违章建筑，清运垃圾226吨；到2006年共整治河道3.6公里，在北石路路段建成景观道路1公里。

全面完成了曹杨八村、真如西村、水塘街、南大街、北大街、杨家桥、真西二等等小区的"平改坡"工程。这些实事工程的顺利完成，不仅改善了居民的生活环境和居住质量，而且使城区面貌明显改善。

2001年以来，真如推进长效管理，"脏、乱、差"的现象明显减少，成果十分显著。大力开展真光绿色家园创建；新开高陵路农贸市场、清涧农贸市场；完成彩色道板铺设；基本拆除子洲路、金汤路等主要道路两旁的违章建筑；加大执法力度，拆除各类违章建筑16 000平方米；完成12 000平方米桃浦河亲水平台；筹集改造资金42万元，完成了固川路的改造。

此外，真如加大了对全镇的健康教育，建成一级卫生镇。健康教育基本实现社区化、系列化和制度化。环境卫生设施不断健全，公共厕所和垃圾箱（房）管理到位，卫生状况良好；建成了2个市级绿色环保小区、9个区级绿色环保小区及20个镇级绿色环保小区；1所国家级绿色学校、1所市级绿色学校、3所区级绿色幼儿园。

随着对环境问题认识的深化和住宅建设的发展，绿化工作日益受到重视。住宅区绿化、道路绿化、河岸绿化发展较快，真北林带、清涧林带建设也初具规模。

绿化家园造福后代 ▶

1979—1986年，全镇绿化面积仅4 600平方米。

1987年，投资10万余元，在真如西村建花坛2 360平方米，建蘑菇亭绿化地434平方米。

1988年投资25.1万元，新建绿化面积10 830平方米。

绿色环保小区

1989年投资80.6万元，在各新建住宅内辟建花坛，辟建绿化面积33 876平方米。

1990年植树32 100棵，新辟草坪等绿化面积21 000平方米，育苗5万棵，制作盆栽4 000个。

2000年新增和补种绿化2.4万平方米，其中新村小区和主要道路破墙透绿768米，绿化工作获区铜杯奖。

2001年，种植绿化9 400平方米，其中3 000平方米大型绿地一块，曹杨路东侧2 300平方米，杨家桥市场1 360平方米，桃浦东路1 000平方米，破墙透绿1 900平方米。真如镇到处绿意盎然，碧草如茵。

2007年新建公共绿地3 238平方米，专用绿地96 783平方米，屋顶绿化600平方米。新创一户国家级绿色家庭，一个区级绿色小区。

目前，全镇新村绿化面积约155.6万平方米；工厂、单位绿化面积约15.6万平方米；街头、道路绿化面积约38.8万平方米，人均绿化面积达到18.36平方米。

1990年10月，上海市环境建设大型绿化工程——真北林带初步建成。真北林带顺应自然地形，分成三部：北部以常绿阔叶香樟为主，辅以欧美杨、刚竹、水杉等；南部为腊梅茶花园，以

真北林带

观赏性的经济灌木腊梅和茶花为主；中部为游憩活动区，以广阔的草坪衬托木兰科的花木，配以7 000平方米水面，组成开阔的绿化景观，水边及坪林交接处，植以乌桕、无患子、胡颓子、合欢、桃叶珊瑚、迎春、金丝桃等花木。林带共计占地12万平方米。

真北林带植各种乔木1.3万株，腊梅8 000多株，茶花7 000多株，是一个生态效益、社会效益、经济效益并重的生产型林带。

2005年，建成了15万平方米的清涧林带。2006年，真光绿色家园已基本建成，环保工作全面加强，近年来成功创建了上海"大气达标镇"、"噪声达标镇"、"基本无燃煤镇"、"扬尘污染控

清涧公园一景

制达标镇"。

真如地区弱势群体多，流动人口多，不稳定因素多，治安复杂。

镇党政领导牢记为人民服务的宗旨，着眼于建立新的机制，正确把握好改革、发展与稳定的关系，为地区群众创造了安居乐业的生活环境。

"十五"期间真如镇加强社会管理，突出人防和技防相结合，强化治安防范。创区级安全小区17个，新创市级安全小区19个。抓好重点对象、重点环节、重点单位、重点地点、重点时段，纠纷调解率100%，纠纷调解成功率98%，两劳人员重新犯罪率4.2%，群防群治参与率60%，为居民群众创造了一个安全、祥和的安居乐业的环境。针对社区困难群体，建立了国家扶助与社会扶助相结合的帮困新机制。筹集资金建立了镇社会救助基金，建立和完善了以社区社会保障一门式服务中心为核心，以里弄、社区单位为基点的救助网络。

建立完善了领导班子、职能部门定期慰问困难群众制度，形成了与招商引资、社区建设服务相结合的再就业安置机制，形成了及时帮助特困群体的制度和结对帮困制度。近五年来，通过各种渠道安置再就业6 984人次，弱势群体生活保障率和最困难失业人员安置率均达100%。通过这些努力，有效地把党、政府和社会的温暖送到了困难群众的心上。

社区服务方面，新建社区事务受理中心1个，建筑面积2 700平方米；新创标准化老年活动室11个，新增敬老院1所，福利床位130张；新增就业岗位10 000个，再就业安置及推荐就业11 888人次；托底保障及"零就业家庭"安置率达100%；社区志愿者队伍近6 000人，壮大了社区服务队伍，提高了社区服务质量。

实践与思考：

1. 动脑筋：为了更好地保护我们的家园，我们可以做些什么？
2. 听爷爷奶奶讲故事：回家后，请爷爷奶奶（或外公外婆）讲讲以前人们的衣食住行，比较一下我们与前人有什么不同。

第五章

宜居城镇美真如

改革开放以来，真如镇取得了巨大的成就，实现了千百年来梦寐以求的小康生活。富裕起来的真如人享受着安定、祥和、充实的生活，学习成为真如人新的追求，社区教育蓬勃兴起。真如传统文化得到了新的发展。

第一节　社区教育　敢为人先

真如人拥有太多的骄傲。由上海走向全国的社区教育，最早就发祥于真如镇。1986年9月，真如中学率先在全市建立了第一个社区教育组织——真如中学社会教育委员会，1988年11月，真如镇社区教育委员会成立，从此，社区教育在全镇范围蓬勃开展，而且一直在全市处于领先地位。自1997年以来，真如镇一

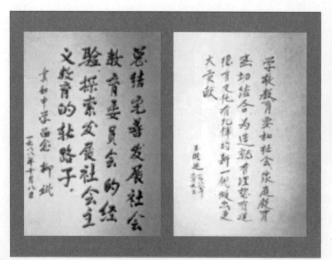

教育部领导为真如中学题词

真如中学社会教育委员会

直保持上海市社区教育先进称号，全国社区教育委员会也将真如镇确定为社区教育实验基地。

诞生于二十世纪八十年代中期的真如社区教育，经过17年的发展，跨出了三大步，使学习走出了校门，走向社会，走向社区、楼组和家庭，汇成了汹涌澎湃的学习的春潮，用知识滋润着真如人的心田。

1986—1990年，这一时期的社区教育，以学校为中心开展活动。以成立社区教育组织为主要标志，开展尊师重教活动。真如中学和真如镇建立社区教育委员会后，社区内各中小学、幼儿园相继成立社区教育委员会，各居委会建立社区教育小组，形成镇、社区教育三级网络。镇社区教育委员会，设立教育奖励基金，对优秀园丁和品学兼优的学生进行奖励；建立校外

优秀园丁和孩子们在一起

辅导员队伍和学生社会实践基地，实施德育一体化；开展尊师重教活动，社会捐资、集资，改善学校办学条件；组织学校、社会开展双向服务，形成社会参与学校教育的新格局。

1991—1998年，以社区学校的建立为标志，以社区成员参与社区学习活动为主要内容，社区教育实现了第一次飞跃。

真如镇社教委于1991年初建立了本市第一所没有围墙的社区学校——真如镇社区教育学校，1993年8月更名为"真如镇社区教育培训中心"。学校立足社区，以开发社区人力资源、为社区服务为宗旨，以提高社区人员素质为目标，先后举办了72个辅导班，参加学习和培训的人员达10 200人次。这些学习班和培训班在教学内容上是多重性的综合教育，具有兼容普教、职教、成教的性质，在办学方式上具有灵活性和非正规性，办学经费来源于政府补贴、社会赞助和部分有偿服务。它表明，以建立"社区教育学校——社区教育培训中心"为标志，真如镇已经破除教育游离于社区建设和发展之外的传统格局，形成社

区参与办教育、独立办教育、热心办教育，社区居民广泛参与社区学习的局面。

1999—2002年，以学习化社区建设为标志，以学习进楼组、进家庭为主要内容，社区教育实现了第二次飞跃。

第四届终身学习节戏曲沙龙表演

1999年夏，镇开始正式规划学习化社区的创建工作。2000年初成立了"真如镇学习化社区促进委员会"，制定了"普陀区真如镇营建学习化社区三年规划"，于是学习化社区创建工作正式启动。到2002年，已创建学习化小区20个，学习型楼组200个，学习型家庭2 000个；先后举办了两届真如镇学习节，学习真正走进了新村里弄，走进了千家万户，学习成为人生的需求，学习成为现代家庭的生活方式。真如镇也因为创建学习化社区成效显著，被命名为首批"上海市学习化社区实验基地"，同时被评为2001—2002年度"上海市社区教育标兵"单位。

居民小区是创建学习化社区的基本单位，每个小区都落实1名机关干部担任学习化社区工作指导员，小区学习化创建工作如火如荼，覆盖了整个真如社区。在面上广泛发展的基础上，着重抓了海棠苑和樱花苑两个小区的试点工作，做到以点带面、点面结合，有序推进。

居民区涌动学习春潮

海棠苑以创建学习型家庭为主，形成了"以人为本抓教育、以家为主抓特色、以学为乐抓阵地"创建学习型家庭的经验；樱花苑以创建学习型楼组为主，形成一批精品楼、特色楼、绿化楼、环保楼、科普楼等，居民人人学习，并自觉捐款集资、认养樱花树，一大批志愿者各显身手，活跃在樱花苑内。这两个小区的成

樱花苑樱花盛开

功经验已开始向真光八小区、清涧八小区等 17 个小区扩展、辐射，起到了极好的精神示范作用，居民区到处涌动着学习春潮。2001 年又有 15 个小区提出创建学习化小区的申请和具体创建工作的目标。

樱花苑种植樱花 135 棵，春天，如朝霞般的灿烂樱花漫天飞舞，美不胜收，成为真如社区的一道亮丽的风景。2002 年 4 月，樱花苑还举办了首届樱花节，至今已举办了七届。如果说樱花是这个小区美丽的外衣，那么，学习则是它最真实的存在和深刻的内涵。

1998 年盛夏，小区党支部提出了创建学习化社区、学习型楼组、学习型家庭的口号。从此，创建学习化小区，提高小区文明程度，提高居民素质成为大家的共识。从这一天开始，樱花苑党员和居委会干部的肩上又多了一种职责，创建学习化小区。

居委会干部由党支部牵头，建立"学习化小区创建工作领导小组"，走百家、串千户，宣传终身学习理念。不久，建立了由各阶层 200 余人组成的终身教育志愿者队伍。为了扎实地开展创建工作，制定了三年规划、年度实施方案，并把小区内 165 名党员分成 15 个责任区小组，结成了一个以党员为骨干的学习化网

学习化社区

络，于是各个网点学习的浪花便汇成了一溪流水，在樱花苑里欢乐地流淌起来。几乎每人自愿参与一项学习，每人自愿报名参与一项活动，创建了19个学习小组。"相约星期二"等活动蓬勃开展起来。每逢星期二下午，小组成员便聚集在一起读书读报，畅谈心得体会，学习氛围浓厚，人数也越来越多。

为创建学习型家庭，一位在职党员自愿担任楼组学习组长，向楼组内党员家庭发出倡议，倡导他们参加创建学习型家庭的活动，并带头捐献500元人民币，作为学习活动经费。在他的带动下，楼组内有10名党员制订了学习计划。各责任区内共有38个党员家庭参加首批学习型家庭创建活动。

樱花苑还创办了《樱花学习报》，以反映创建学习化小区的进展情况，表扬好人好事，宣传科普知识，使居民有个交流思想的渠道和平台。

在创建工作中，他们还把目光投向了社区单位，因为那里有丰富的教育资源，机关、学校、企事业单位、社区团体、私营企业和个体户，先后同17个单位开展共建活动，编织了一个横向联系网络。铜川学校走进了樱花苑，他们为小区居民开设家政礼仪、烹调、电脑等培训班，帮助下岗职工掌握实用技术。两年来，举办学习班、培训班和各类学习活动64次、1 300多个小时，2 700人次参加学习，通过培训学习有75人重新走上工作岗位，其中有多人成为单位领导。

学习，新的家庭生活方式

以"终身学习"为理念的学习型家庭正在真如蓬勃兴起，它体现了在社会生活质量提升的基础上，人们对精神生活的追求和向往。这种家庭文化的发展，必将重塑家人彼此期待的行为模式，共同愿望，并提供新生代社会化的基础。

真如镇评选出来的"学习型"家庭，有以下几个显著特点：

第一，终身学习理念更加深入人心。终身学习理念的确立是创建学习型家庭的思想基础。进入二十一世纪，社会的改革开放不断深入，信息技术飞快发展，知识经济时代的机遇和挑战，社会竞争的加剧，迫使每一个社会成员不得不思考一个十分严肃的问题：在新世纪怎样发展？现实生活已清清楚楚地告诉我们，终身学习是通往二十一世纪的金钥匙，是开辟生存空间，求得发展的利器。这一崭新理念已经成为有觉悟居民的共识。

第二，学习逐渐成为很多居民家庭生活的核心内容。家庭是社会的细胞。那么，什么样的家庭才是健康的、充满活力的、最具发展潜力的家庭？答案是确定无疑的：学习型家庭。在知识经济时代的大潮中，只有拥有知识，不断学习"充电"的家庭及其成员才能成为站在潮头而不被潮水吞没的弄潮儿。"学习型"家庭充分体现了家庭学习化的趋势，他们以真切的体验证明："学习是新的家庭生活方式"，"学习改变了自己的人生"，"学习使家庭充满幸福"，"学习使外来嫂融入都市生活"，"学习改变家庭的生活轨迹"，"学习使自己走向成功"。

第三，"三个代表"重要思想、科学发展观和公民道德建设成为创建学习型家庭的重要内容。在家庭学习中除了学知识、学文化、学技能之外，"三个代表"重要思想、科学发展观和公民道德建设也走进居民家庭，其中许多离退休老同志在这个方面做得特别出色。他们积极发挥自己的政治优势，在家庭生活中学习党的最新理论，关心国家大事，对下一代进行爱国主义、革命传统教育，他们的"老骥伏枥，壮心不已"、"做新世纪学习型老人"的豪情壮志，令人肃然起敬。

第四，创建学习型家庭与创建学习化社区相结合，推动了社区精神文明建设。创建学习型家庭是一种开放式的活动，这些家庭一边学知识、学技能，一边把这些知识技能向社区辐射，积极参与创建学习化社区活动，参与社区精神文明建设，他们既是学习的带头人，又是社区建设的出色志愿者，成为社区精神文明的中坚力量。

第五，在家庭成员中出现了"同学习，共体验，齐进步"的学习方式。在现代信息技术面前，家庭学习结构发生了极为深刻的变化，家长已不能以权威自居。家长和孩子之间，家庭成员之间在学习上形成一种互动的关系，即能者为师，相互学习，共同学习，取长补短，共同进步，已成为学习型家庭共同的学风。祖辈向孙辈学习，父母向子女学电脑、学外语的现象屡见不鲜，家庭成员共同分享学习，其乐融融。

老同志认真学习党的最新理论

成立于2002年4月的真如镇社区学校，在各级党委和政府的精心关怀和组织下，在广大社区居民积极而又热情的参与下，正逐步成为社区干部、公务员的培训阵地，市民群众的学习园地，人民群众的活动场地，青少年丰富多

真如社区图书馆

彩的活动基地。为构建终身教育体系、推进学习化社区的建立，社区学校充分发挥了它的功能。

真如镇是全国社区教育的发祥地，真如镇党委和政府牢记江泽民同志"社区教育是上海的创造，这面旗帜不能倒"的指示，坚持以高标准、高水平、高质量建设真如镇社区学校。2007年镇政府又投资了三千多万元，兴建了一所5 500多平方米的真如镇社区文化活动中心（社区学校）。真如镇社区文化活动中心（社区学校）是目前普陀区建成的几所社区文化活动中心（社区学校）中，造型较完美，设施较齐全，功能较完备的学校。它为居民提供了良好的学习、娱乐环境，成为文化教育、技能学习、休闲娱乐等不同类型的学习教育活动中心。新的真如镇社区文化活动中心（社区学校）有固定教室6间，老干部活动中心2间，另设有科普体验馆、镇历史文化陈列室、多功能厅、电脑房、图书阅览室（棋类室）、书画苑、乒乓室、排练房、舞厅以及容纳近300人的剧场等各类活动室。还有大屏幕电视机、投影机、DVD、录像机、音响、电脑等设备。能进行党团员教育活动、老干部教育活动、青少年教育活动、妇女教育活动、科普文化教育、法制教育、职工培训教育、人口咨询等各种

真如镇社区文化活动中心、社区学校

不同类型健康有益的教育活动。形成文化教育类、技能学习类、休闲娱乐类等各种不同学习教育教学类型。

真如镇社区文化活动中心（社区学校）立项建设以来，市教委、区委、区府、区人大、区政协等领导十分关心和支持，多次到学校进行视察、调研和研讨，促进了真如镇社区文化活动中心（社区学校）健康发展。为了便于社区居民就近参加社区学校的活动，镇政府又先后组建了真西、八村一居、杨桥、真七、真八、清四、水塘、曹杨花苑八所社区分校和28个社区教学点。形成了目前1+8+28真如社区教育网络，初步实现了"学者有其校"的理想。

真如镇成立了镇党委副书记、副镇长为正、副主任及有关部门负责同志组成的社区学校校务委员会；普陀区教育局抽调一名中学校级领导到真如镇社区学校任常务副校长，还培训了4名教师参与社区学校的办学管理工作。社区学校实行在校务委员会领导下校长负责制的管理体制，常务副校长负责学校的日常管理工作，协助校长制定工作计划，并抓好组织实施。普陀区社区学院负责对社区学校的业务指导，组织开展社区教育教研活动，不断提高常务副校长和教师的管理和业务水平。

在真如镇党委和政府的领导下，社区学校以人为本，为人的全面发展创造条件、提供机会、搭建舞台、营造环境。尤其是中老年人，他们中许多人在年轻时没有机会接受良好的教育，在目前的环境下，他们有时间，也有条件，更有机遇追求多元化选择、多层化需求，社区学校就要满足他们求智、求美、求健、求乐、求新、求友等需要，办好各类长短结合培训班就成为社区学校工作的重中之重。六年多来，社区学校为居民开设了舞蹈、体育保健、英语口语（英语300句、英语2 000句、世博英语100句

英语班在上课

等）、电脑（电脑入门、网上行1、网上行2电脑提高班等）、电子琴、编织、书法、绘画、汉语拼音、礼仪教育和智趣园等各种类型的培训班及科普、保健等讲座的活动班共约500个左右，参

加学习的学员约 6 000 多人，各类活动有 8 045 班次，参加学习和活动达 770 663 人次（2002 年 4 月—2008 年 7 月）。同时，社区学校也是真如镇机关干部举办各种学习班和展览，如保持共产党员先进性教育、"共产党员风采展"、"城市规划展"、纪念中国工农红军长征胜利 70 周年图片展等的场所。社区学校还是青少年的活动基地。社区学校自建校以来，为中小学生开办了"归纳、总结、提高"的学科讲座；举办了各类夏令营、乒乓集训队、"忘年交读书活动"等活动；开设了安全教育、法制教育、国防教育等一系列教育讲座，深得广大中小学生及其家长的支持和欢迎。这些活动不仅丰富了中小学生双休日和假期生活，受到了思想教育，还增加了一定的实践和知识能力。社区学校的"康乐"夏令营、"爱心电脑夏令营"和与上师大合办的"逸岚"爱心学校都是社区学校的品牌项目，深受学生们的喜爱。自 2003 年至今，在区少儿图书馆组织的"冬冬乐"系列活动中，社区学校连续荣获组织奖或优秀组织奖；在市里组织的"关爱成长，挑战梦想"首届上海市游戏节比赛中，社区学校组织有力，成绩斐然，被评为上海市传统弄堂游戏示范点；社区学校还荣获首届"上海市网上禁毒知识竞赛"活动组织奖；在 2006 年、2007 年开展的"百万家庭学礼仪"的活动中，社区学校荣获 2006 年度普陀区"百万家庭学礼仪"系列学习活动优秀教学点奖，胡欢泉、封莲娜家庭荣获 2006 年首届"上海电信杯"上海中外家庭礼仪大赛冠军；几年来社区学校荣获市区奖项达 15 项之多。多年来的实践，正如普陀区委周国雄书记曾指出的，社区学校"担负着社区教育、社区文化、社区服务等多种职能，为居民群众提供了陶冶情操、学习知识、人际交往、丰富生活的便利，成为社区居民生活中不可缺少的组成部分"，是创建和谐社区的重要基地之一。

第二节　足球之乡　闻名海内

扬名海内
威振华夏

　　1923 年，暨南学校(后称暨南大学)迁入真如。该校大中学生多系海外归侨生，平时课余生活丰富多彩，足球是该校最出色的一个项目。当时该校喜爱足球的学生不下数百人。自 1925 年聘请足球名将梁官松任教练后，每天下午课余，参加竞技对垒者场满为患。球员分组练跑、踢、顶、抢、堵、盘、传等技术，日积月累，技法熟练。学校经常开展院际、系际、级际、岛（侨居地）际比赛。学生一旦被选为某一级的代表队员，好像获得了特殊的荣耀，选入校队者，更如天之骄子。因此该校足球队，自成劲旅，人才辈出，著名队员有陈镇和、冯运佑、王南珍、戴麟经、陈家球、陈秉祥等。该队在抗日战争爆发前的连续十届江南（沪苏浙）8所大学足球锦标赛中，得九届冠军，一届亚军。1927年，有4名暨南学生参加的中华足球队以4∶3力挫保持14年冠军称号的英格兰队，轰动上海。1930年有7名暨南学生入中华队参加上海足球联赛，初赛时以4∶0大胜德国队，复赛时，又以3∶0淘汰上届冠军葡萄牙队，决赛时以1∶0击败英格兰队，国人为之扬眉吐气。暨南足球队还曾于1928年前后参加球王李惠堂率领的东华足球队三次远征爪哇、马来亚等地，雄风远飙，使南洋华侨欢欣鼓舞。二三十年代，该校足球队经常邀请国外强队到校比赛。这些活动对真如地区的青少年和体育爱好者具有极大的吸引力，其中不少人纷纷组队练习足球，镇上的市第六简易体育场，就成了当时上海足球活动的基地之一。

1932年，真如地区足球爱好者组成第一支足球队，队员有陈士良、符增辉等。次年，组建黄狮小足球队，后又组成忠信、零零等球队。1935年成立真光体育会，建有真光小足球队和真光乙队(少年队)。次年，举办真光杯首届小足球锦标赛，参赛的有镇内外20余支足球队，按年龄分甲、乙两组，行单循环制比赛。

"八一三"抗日战争爆发后，真如地区足球运动一度中断。1941年再度兴起，由陈尊德、王兴邦等组成白鹰队，冲出本地区。先后参加市、区组织的光复杯、滨海杯、叔承杯、旗将杯比赛，并获旗将杯冠军。同时，在本地区多次组织真光杯、剑东杯、青年杯足球比赛。民国三十三年（1944年），白鹰足球队发展为白鹰白、白鹰和小白鹰3队参加剑东杯比赛。该年度真如镇真光杯、剑东杯赛成为上海市的高水平足球赛，在全市有一定影响。

民国三十四年（1945年）冬，白鹰队改名真如足球队，参加市足球联赛夺得丙组冠军。在青年杯比赛中，镇上有足球队8支，镇郊农村有农民足球队4支，一镇12队参加角逐，盛况空前，反映了足球运动普及之广。

为给救火会（即消防队）、施诊给药所、真光小学筹集经费，镇上还组织过足球义赛。为促进本镇足球运动的发展，还曾邀请

足球奖杯

著名中外球队来镇进行表演赛。其中以著名的东华足球队员用白马队名义与葡萄牙队的表演赛最为精彩。东华队名将张邦伦、贾幼良、韩龙海等都上场献技，这些活动对真如足球运动也起了促进作用。

二十世纪五十年代前期，真如的足球运动仍较活跃。镇上有真如混合队、真如工商联队、米格队、幼青队、三居队等，频频开展比赛，真如工商联队还曾出征苏州，颇具影响。尔后，业余足球活动逐渐减少，足球运动转移到以真如中学为主的中小学校。

1956年，真如中学初中足球队获西郊区中学生联赛第二名，次年夺魁。1959年，该校少年足球队参加市联赛。学校经常请市足球队与市工人足球队到校辅导和表演，关心少年运动员的成长。"文化大革命"期间，足球运动完全中断。1977年后再度兴起，以真如体育场为基地，年年举办各种奖杯的比赛。仅1982年，就有区、镇合办的夏令杯，本镇主办的长征杯、真如杯，嘉定县主办的雏鹰杯、三好杯，上海市主办的陈毅杯、华生杯、公交杯、建工杯等足球赛。本镇体育场全年比赛531场次。1987年组织足球比赛800场次，有297个足球队，2 688名运动员参加比赛；1988年组织197场次，有81个足球队，972名运动员参赛；1989年组织326场次，有149个球队，1 916名运动员参赛。同时组建了真如老年足球队。老年队员活跃在绿茵场上，给年轻运动员以极大的鼓励。由著名国脚老将张邦伦、孙锦顺等组成的市元老队、市教练队亦多次专程至真如中学示范表演，帮带该校初中足球队。

真如中学和真如小学为国家培养了一大批优秀足球运动员，如国家运动健将蒋耀璋，云南省队李星海，陕西

市足协授予真如镇"真如古镇 足球之乡"锦旗

省队王守义，南京部队队于丽龙，市工人队张建福、李龙泉等。1978年嘉定县选拔参加市六届运动会的8大强队，各队主力队员均为真如中学校友，嘉定县交通局足球队全由真如中学校友组成。1981年，参加嘉定县职工足球赛的14个球队中，有三分之一以上的运动员为真如中学校友。1993年3月16日，区体育运动委员会和区体育协会总会授予真如镇"足球之乡"称号。2001年7月上海市足球协会授予真如镇"真如古镇 足球之乡"称号。称号是凝重的，但真如古镇当之无愧。称号既是对过去一段足球历史的肯定，更是对未来足球事业的激励。

如今，古镇的足球运动依然兴旺。在真如地区的中小学中，现有两支阳光少年俱乐部队，两支翻斗乐少儿俱乐部队，他们成为少儿足球爱好者的中坚，苦练在绿茵场上。2001年，铜川学校的足球队参加"中国足球杯"少年联赛荣获亚军，参加上海"'97有线杯青少年足球锦标赛"获青少年男子甲组亚军；翻斗乐队获江苏·上海首届白马楼杯中小学生足球邀请赛儿童乙组第一名。组建才几个月的真如三小足球

真如小足球队员在足球场上苦练

队，在2003年4月举行的翻斗乐选拔赛中，一举夺得挂牌权。这支球队的教练就是曾经启蒙培养国家队守门员张惠康的蒋福洪，10年后他重操旧业，又打了漂亮的一仗。真北中学足球队在参加上海"'97有线杯青少年足球锦标赛"时，荣获青少年男子组冠军。该校现已形成班班有足球队，是男孩就要踢球的浓厚气氛。

至于由镇足协牵头组织的"英雄杯"足球赛，至今已兴办了14届，"真如杯"足球赛也已举行了21届。铜川学校的4名球员，真北中学的1名球员，分别已被列入赴法国参加青少年足球赛和去巴西集训的名单。古镇的足球，在年轻一代身上又散发出勃勃生机。真如镇政府，镇足球协会，真如地区的中小学校以及教练员们，都在为这些足球幼苗的成长倾注心血，为振兴中国的足球事业全力以赴……

第三节　沪剧沙龙　海上精品

真如镇的文化开发较早，有较丰富的民俗文化、民间文艺资源。解放后，文化事业发展也很快，特别是在党的十一届三中全会以后，社区群众文化活动更为活跃，在社区建设和居民生活中占有重要地位。

声名鹊起的
沪剧沙龙

谈到真如，一般人津津乐道的是真如羊肉。殊不知，在沪上沪剧界和沪剧爱好者眼里，真如的沪剧沙龙远远比真如羊肉有味道。

真如社区现今共有镇级10支、小区65支，共计75支文艺团队，这些文艺团队，特别是镇级文艺团队，艺术水准较高，是社

2003上海旅游节
真如古镇文化庙会

区群众文化的主要力量。其中的沪剧沙龙，最为引人注目。

每逢周六的晚上，阵阵丝竹声和沪剧曲子，把许多沪剧爱好者都吸引到真如文化馆内。上至70多岁掉了牙的老人，下至五六岁还没出齐牙的小朋友，都想在乐队的伴奏下献上一曲。有些没轮到的"发烧友"，还撅着嘴，满肚子不高兴呢。

真如沪剧沙龙名气大到什么程度呢？还是用事例来说明吧。

1998年，真如举办了"'98上海旅游节真如古镇文化庙会"。在这次庙会中，真如文化馆组织的沪剧沙龙演唱会受到了来往游客的偏爱，使真如庙会充满了勃勃生机。在真如文化馆前的广场上，人群围得水泄不通，不少沪剧爱好者纷纷从浦东、南市、七宝等地赶来，利用沙龙的形式一展歌喉进行自娱自乐。演唱的沪剧有"卖红菱"、"庵堂相会"、"大雷雨"、"甲午海战"等老戏唱段，也有"樱花"、"明月照母心"等现代戏唱段，曾获上海业余沪剧大赛一等奖、二等奖的获奖者也上台献唱。上海沪剧团的张杏声、汪华忠也赶来助兴，把沙龙演唱会推向了高潮。不少游客惊奇地说："真如庙会的沪剧沙龙真不错，名演员也会赶来唱两段，真不简单。"

本市其他地方虽然也有沪剧沙龙，但他们的时间都不在星期六，真如沪剧沙龙时间定在星期六，在时间上有更强的竞争力。每到周六的晚上，不少沪剧爱好者打的、乘车赶到这里打擂台。

真如沪剧沙龙不仅吸引业余爱好者，而且还吸引了一批专业中青年演员常来助兴。这些名角有杨飞飞、赵春芳、邵滨孙、汪华忠、张青声、沈仁伟等。

真如沪剧沙龙所组织的参赛队伍，在市、区演唱赛中屡屡获奖。真可谓是一朵兰花，发出阵阵幽香。

受沪剧沙龙的影响，镇上的中心小学也办起了沪剧特色班，陈瑜、沈仁伟等沪上名演员亲临指导。名师出高徒，孩子们演唱的沪剧联唱"英雄赞"，像模像样，一炮打响。

真如沪剧沙龙创办已有10多年了，为本区和外区的沪剧爱好者提供了一个自娱自乐场所，并且也活跃和丰富了本地区的群众文化生活，受到群众的欢迎和赞扬。

实践与思考：
1. 游览活动：参观社区学校，并为社区学校更好的发展，出出你的金点子。
2. 小调查：平时你和你的家人怎样安排业余生活，总结一下，写一份小报告。

第六章

民俗文化贯古今

真如镇的文化开发比较早，有较丰富的民俗文化和民间文艺资源，主要有元宵灯会、江南丝竹、庙会、说书等，地方文献也很丰富，真如旧志是上海文献中的珍本。

第一节　真如庙会　元宵灯会

真如庙会，始于元末明初。据陆立辑《真如里志》记载，农历四月初八佛诞节那天，真如寺前要悬挂灯笼、表演戏剧，道路上塞满了从附近赶到真如寺拜佛进香或者经商的乡民，附近摆满了货摊，人群熙熙攘攘，场面十分热闹。

解放以后，真如庙会在内容和形式上都发生了变化。1952年庙会改称"城乡物资交流大会"，交流会的时间也与原先不同。首届城乡物资交流大会于1952年12月5日举行，有206个工商单位参加，参观群众达32 000人。1953年12月、1954年12月又成功举办了第二、第三届城乡物资交流会。此后，由于社会主义改造的完成以及随之而来的"文化大革命"，交流会也被取消，这种情况一直到改革开放后才发生变化。

真如庙会

改革开放后，随着生活水平的提高，人们对物质文化的需求日益增长，1982年，嘉定县供销社和真如镇联合举办红五月物资交流会，重新恢复了交流会的形式。从此，几乎每年都要举办一次城乡物资交流会（1982—1986年）。1987年，镇政府重新把城乡物资交流会恢复为真如庙会，这是真如庙会发展过程中的一个转折点。此后，真如庙会无论在层次、规模、内涵、影响上都比先前有了巨大的飞跃，自1986年开始，真如庙会在商品交易的同时，也开展文艺娱乐活动，成功举办了首届文化庙会，这使真如庙会在发挥物资调剂功能的同时，大大丰富了人民群众的文化生活，吸引了更多群众的参加，提升了真如庙会的影响，使真如庙会也成为真如经济建设的巨大引擎。1993年，真如庙会营业额近千万元，顾客达到50万，营业额比第一次物资交流会增长了近40倍。

真如庙会素以融购物、文化、娱乐于一体而闻名远近。1998年，真如又成功举办了"'98上海旅游节真如古镇文化庙会"，这是真如历史上规格最高、内容最丰富的一次盛会。庙会分为三个部分，第一部分为民俗风情文化展示活动，代表真如文化内涵的舞龙、舞狮、剪纸、泥人、彩灯、舞蹈、戏曲、评书评弹、茶艺茶道、书法等节目纷纷登台表演，此外金秋菊花展吸引了一大批花卉爱好者驻足观赏。第二部分为饮食展示活动，真如传统的特色小吃真如羊肉等纷纷登场，此外真如寺的素斋也为人们钟爱。第三部分为商贸展示活动，此次商贸交易会品种十分丰富，包括图书、花鸟虫草等各种商品。此次庙会的成功举办，不仅丰富了群众生活，更极大地推动了真如经济的发展。

真如地区的元宵节活动不同于其他地区类似活动，除一般玩灯、挂灯外，还有真如寺塔灯、望田灯、龙灯会等传统习俗。

元宵灯会

真如寺塔灯是悬挂在真如寺前的塔形灯笼。地上有两块2米长、0.3米见方的条石，一半埋入土中，中间插上一根高杆，杆头的灯称为头灯，并排有5盏，放在一个架子上，下面是一层层的灯笼，排成塔的形状，每层有6盏灯，这些灯都比头灯要

观　灯

小，分别挂在用篾片扎成的六角形架子的角上，多的时候有21层高，最少也有17层，但必须是单数。挂灯的时候，点亮后用绳索吊上去，远远望去，好像是闪闪发光的宝塔。

望田灯是农民为祈望丰收，在自家宅前场地上悬挂的灯笼。先要竖立一根长竹，将灯笼连成一串然后慢慢把它升挂到竹顶，少的时候可以1盏，多的时候可以是7盏，但也必须是单数。有的人家竹竿用的是大毛竹，所以可以挂得很高，几十里外都看得到。

真如舞龙队

龙灯会主要用于本镇各个村庄祭祀庙宇，集体侍佛。一般在正月十三到正月十七这段时间举行。届时，各个村都会出一支龙灯队。龙由龙头、龙身和长长的龙尾组成。龙头，大嘴巴，红眼睛，扎工十分考究，装饰美观；龙身每节有1米左右，直径0.5米左右，由篾片扎成圆筒形，外面糊上绵纸，中间点上红蜡烛，各节之间用黄色或蓝色、红色的布相连接。另外有一种称为沙龙，是由杂色的花布或绸连接，龙身中不点蜡烛。出龙的时候，前面有掌大圆灯或者六角灯的导行，成为头灯；后面有锣鼓班，边歌边舞，走街串村。龙在老百姓心中地位是很高的，龙经过的地方可以风调雨顺、四季平安，因此龙灯队所到之处，家家户户会放鞭炮迎接，舞完后还要赠送红蜡烛。龙灯队有时会舞到知名人士家中，这称为串舞，以示祝贺。这个时候，主人家需破费作谢。每次出灯的时候，按照传统要到祭祀的庙宇集中，神像前香火缭绕，供品如山。正月十七的晚上，整个真如地区各个村的龙灯都会集中到秦公庙（祭祀唐代大将秦叔宝），围观者不计其数，因此，秦公庙会的龙灯规模是最大、最出名的。

第二节　茶馆弹评　丝竹声声

从清朝末年到民国初年，真如镇蔬菜业的发展带动了茶馆业的发展。

菜农一般是上午抵达真如镇，可是要到下午才开秤卖菜，这

品　茗

段间歇时间，菜农就到茶馆喝茶。一方面可以略作休息，另一方面又可以打听、交流菜市行情，还可以听说书。真如镇的茶馆业就因为菜市的集散而特别发达。1948年，真如市街有茶馆11家，杨家桥集镇也有6家。

解放前，茶馆一般都兼营书场，所以，茶馆又成为真如镇的主要文化设施，比较著名的茶馆有：

真如茶园，位于北大街，旧名金龙园，王金标开设。

雀鸣轩，位于南大街，最初由仇湘涛开设，后由仇根泉经营，可容纳数十人饮茶、听书。

书场说书，以弹唱评弹为主，一般每天下午、晚上各一场说书。菜农和镇上居民一边饮茶聊天，一边欣赏说书艺人的演唱，说书成为真如镇的一种重要的民俗文化。

进入六十年代，茶馆的说书内容发生了变化，以讲新故事为主。"文化大革命"期间说书被迫中断，1980年后恢复，艺人主要来自本市，也有外地的。1986年以来，桃浦文化馆与市演出公司联系，每天组织评弹演员来镇上茶馆说书。

真如是江南丝竹活动繁荣的地区之一。本地称"清客串"，乐队称国乐社。江南丝竹有八大名曲，如"行街"、"三六"、"云庆"等。

江南丝竹

真如镇的丝竹活动据传由浙江绍兴地区的一些移民带来，活跃于民国初。镇及邻近农村出现10多个丝竹班。油坊主陈正卿，别号黑桂子，是较早的业余乐师，与他常在一起演奏的有陈秀孙、李思琛、顾桂山、仇湘涛等。主要活动中心起初在东观音堂茶馆，继而在罗旦文茶馆及雀鸣轩茶园，曾去先施公司屋顶花园演出，镇上不少人曾拜陈正卿为师，学习丝竹。

1947年，域东太平桥丝竹好手袁金根、黄庆祥来镇传艺，袁是著名琵琶演奏家夏宝生之徒，曾参加紫韵国乐社；黄曾参加友声同乐社，1939年为世界沪剧团（后改长江沪剧团）乐师，其子黄惠明今为中国京剧院琵琶演奏员。

解放前，袁、黄在镇里曾组织以陈永根为领班的桃溪国乐社。成员有陈振声、沈建忠、李绍镁、周加森、金炳松、陈宏涛、陈宏坤、陈锦廉等。解放后陈振声与顾桂山为上影乐团乐师，李绍镁为上海勤艺沪剧团（今宝山沪剧团）乐师。庄家弄的张煜，今为上海音乐学院教师，江南丝竹中的后起之秀，1986年在上海首届海内外江南丝竹比赛中获一等奖。

此外杨家桥曾组织有正谊乐社。解放前，中共党组织为发动、组织群众，开展斗争，在厂头与大李家宅也组织过丝竹社。

第三节　传说故事　先贤著作

氽来的铜弥陀

真如寺旁韦驮殿内原来有一尊铜弥陀，明代永乐二年铸造，"文化大革命"期间被毁。

相传这尊铜弥陀是用船从梨园浜运到真如，船靠在香花桥边。起岸的这一天，恰逢大雾，五六个人从船上扛起来，桥边的过路人问了声"弥陀菩萨哪里来的？"有人随口说"氽来的"。因此，众口传诵，"梨园浜氽来了铜弥陀"不胫而走，真如寺的香火就更旺盛了。庙内的和尚对香客说："你身上哪里不舒服，就在铜弥陀身上摸一摸，马上就好。"从此，人人都在铜弥陀身

真如寺铜弥陀

上摸一摸。久而久之，头、手、胸、背、腿、脚等部位都十分光滑。1860年，洋枪队驻在真如寺，怀疑铜佛为金子所铸，将左手一只指头敲下偷走，从此，铜弥陀就只剩9个指头了。沦陷期间，日本兵要运走铜弥陀，那时真如没有公路，桥也是石头台阶桥，日本兵抬不动，所以没有运走，人们就讲"真如的佛祖不肯出国去"。

真如寺石狮子的传说

寺庙门前的石狮子总是成对的，真如寺的石狮子很久以来就只有一只。传说另一只因偷吃面粉，被面粉店老板打死了。

话说过去镇上一家面粉店，每天早晨店家起床都会发现少了面粉。老板想：门是上锁的，又没有外人来，为什么面粉会少呢？一天夜里，他躲在面粉桶背后，想看个究竟。三更以后，只见一团黑影，像只狗，摇头摆尾，姗姗而来。前脚搭在桶沿，头朝桶里，吃着面粉，眨眼间就没了踪影。第二天夜里，老板手拿

面杖，躲在老地方。三更后，那"黑狗"又来了。老板趁它吃得起劲，用尽力气。对准腰上猛击一棍，只见火星四射。再看时，那黑狗就不见了。天亮了，只见门前有猫样的面粉脚印，朝大庙方向延伸。从此以后，店里再也不缺面粉了。过了几天，有人发现，真如寺前一只石狮子背上有条裂缝，里面还有丝丝血迹。没几天，石狮子碎成一堆石砾，老和尚就叫小和尚清理掉了。

从此，真如寺前就只有一只狮子，而且也不是本来笑嘻嘻的面孔，而是悲泣的面孔。"八一三"时，这只石狮子也被炸毁。

真如历史悠久，遗留下来的先贤著作相当丰富，种类多样，现将收到的旧地方志加以编录。

先贤著作

《真如里志》 陆立辑，四卷，1771年成书，1772年刊刻。现存两部，北京图书馆、上海博物馆各一部。抄本见藏于上海图书馆与上海市文物保管委员会地史部。

《真如里志》 洪复章辑，不分卷，稿本，1918年成书，藏上海博物馆，有抄本分藏上海博物馆和嘉定县博物馆。民国初年宝山县命各市乡修志，因此编修该书。此书，上海通志馆评价它"体裁颇善"，列入《上海掌故丛书》第二集目录，准备按手稿本付印，因抗日战争爆发而罢。《中国地方志集成》见收。

《真如志》 另称《桃溪志》，王德乾辑，八卷，卷首卷末各一卷，该书有1931年、1933年两种稿本。前者题目为《桃溪志》，后者题目为《真如志》，为增补本。前者藏于上海博物馆，后者藏于上海图书馆。该书是王德乾以祖父王家芝的采访资料、父亲守余《邑乘访稿》为蓝本，融合陆、洪的《真如里志》，钱以陶的《厂头镇志》，并加补采核查而成，体例齐备，材料翔实。《中国地方志集成》见收。

《厂头镇志》 钱以陶撰，八卷，分装三册，稿本。同治七年成书。该书现藏于上海博物馆。

《厂头里志》 严典辑。该书光绪初尚存。

实践与思考：

1. 实地小调查：你还知道哪些真如民俗节目和传说故事？把你知道的告诉大家。

2. 小组讨论：在新时期，我们应该如何保存和发扬这些民俗文化？

第七章

钟灵毓秀竞英雄

在长达千年的历史中，真如涌现了大批历史名人。他们不畏强暴、正直做人、勇于创新，形成了独特而又极具个性的真如精神。真如先贤们用他们的实际行动实践传承着真如精神，他们是真如宝贵的财富和脊梁。

第一节　抗暴御敌　保境安民

真如人民自古以来爱好和平，从不屈服于外来侵略，为了保卫祖国领土，维护家乡安宁，曾经和倭寇和清军进行了不屈不挠的斗争，留下了许多感人的事迹。

明朝中后期，在我国东南沿海一带，倭寇（从元朝末年开始，一部分日本武士、商人、海盗不断对我国进行骚扰，中国人民把这些强盗称为倭寇）活动十分猖獗。他们在我们美丽的国土上烧杀抢掠，无恶不作，给沿海人民带来巨大灾难。真如地处沿海，经常受到倭寇的骚扰，为了保卫家乡，真如人民纷纷组织武装。

勇抗倭寇，保境安民——甘雷

甘雷，字桃园。从小就十分讲义气，喜欢练武。嘉靖三十四年（1555年）倭寇侵入真如，甘雷率领家乡的武装进行抵抗，在战斗中甘雷身先士卒，冲在最前面。狡猾的敌人在战场附近设下了埋伏，企图一举消灭我军。在战斗中，甘雷左臂不幸被箭射中，血如泉涌。此时甘雷忍住剧痛，一把将手臂上的箭拔了出来，号召乡亲们继续与敌人战斗。倭寇看到甘雷这么英勇，纷纷说道："这是个真正的勇士，我们不可能打败他的。"然后丢弃武器逃走了。从此，甘雷的威名四处传播，倭寇一听到他的名字就害怕，真如也因为有了甘雷的保护，恢复了安宁。战斗结束后，当时的总督（军事指挥官，相当于军区司令）张经把甘雷的英勇事迹报告给了朝廷，甘雷的事迹得到了进一步的传播。

"海内人龙"
——张涵

张涵（1609—1645年），字凝之，明朝末年抗清英雄。张涵平时很喜欢看一些关于兵法韬略的书籍，这个情况后来被当时驻守在扬州抗击清军的史可法尚书知道了。史尚书就带着礼物过来，邀请张涵协助他保卫扬州。张涵欣然答应，担任了史尚书下面的一个指挥官。张涵到了扬州后，针对当时的军事情况，向史尚书提了七条建议。史尚书在考虑了以后，采取了其中的四条，这一件事使史尚书感到张涵是一个有真才实学的人。因此他把张涵升到了将军的位置，并多次对他进行表彰，称赞他"文经武纬"（文武齐才，不仅懂得读书，还知道怎么打仗），"海内人龙"。

在保卫扬州期间，张涵接受上级命令到江南募集军饷，他做得很尽心，顺利完成了任务。后来，清军加强了对扬州的包围和攻击，史尚书让张涵防守扬州北城门。有一天，张涵接到报告：向城内运送军饷的船只被清军阻挡在高邮河上。张涵听完后率领数百人前去接应，部队刚刚抵达目的地，就接到了扬州城被敌人攻破的消息。听到这个消息后，张涵身边的士兵都逃跑了，只剩下张涵一个人返回扬州城下，可是城门已关住。张涵急忙赶到城外一家居民楼上观察敌情，不幸被敌人发现。清军把这座房子团团围住，想把张涵从楼上抓下来，张涵破口大骂清军，手臂死死抓住楼梯上的扶栏不肯下来。残忍的清军把张涵的手臂砍了下来，张涵毫不畏惧，继续顽强抵抗，直到壮烈牺牲。

第二节　正直做人　清廉为官

在真如的历史上，曾经涌现了一批为人正直，坚守节操，清廉为官，为民办事的官员。这批读书人，以他们的实际行动，实践着知识分子"先天下之忧而忧，后天下之乐而乐"的理念。

安宁蜀境，治民有方——陈述

陈述（明朝宣德年间人士，具体生卒年不详），字宗理，居住在真如。从小喜欢读书，诗写得很优美，擅长官府工作，办事能力很强，地方官把他作为贤良推荐给了朝廷。朝廷任命他为江西御史，御史的主要工作是监督地方官员，如果地方官员有什么违法犯纪的事，可以向皇帝报告。陈述工作做得相当优秀，皇帝后来就任命他为四川左参政，希望他能平定四川的叛乱。陈述接受工作后，用心去感召叛军，招抚了300多人，他把这些人都放回家，让他们重新生活。在对叛军的战斗中，只是把抓获的几十个叛军头领杀掉，对其他人都从宽处理。在陈述的指挥下，四川的叛乱最后得到了平定。

平定叛乱后，陈述对被战争破坏地区进行了重建。当地很多百姓都不愿意从事农业，陈述想方设法使他们恢复农业生产。经过数年的努力，四川的农业有了很大的发展，桑树漫山遍野，人民过上了比较富足的生活。陈述的上司把他的事迹报告给了朝廷，朝廷知道后，升他做了二品的大官。后来陈述年纪大了，告老还乡回到真如，居住在陈家宅，真如人民习惯用"贤人楼下"来称呼陈家宅。陈述回乡后，四川人民十分怀念他，在当地建造了生祠以为纪念。

断案如神，一心为民——李良

李良（明成化时期人士，生卒年不详），字尧臣，居真如。明成化五年（1469年）进士，被任命为南京刑部郎中，负责管理监狱事务。李良审问狱囚时不动用刑具，但却能查明案情，因此受到刑部尚书的器重。刑部各个部门如果有什么疑案，都会请李良出面审办。李良后来调任瑞州知府，当时瑞州监狱人满为患，被关押的犯人有几千人。李良到任后，深入了解分析案情，凡是没有证据和一般受到株连而被捕入狱的，都立即释放。对少数确有犯罪行为和恶意诬陷他人的严加惩办。在李良的治理下，瑞州的狱案为之一清。同时针对当时瑞州长年弃农经商的风气，李良进行了劝阻。在他的鼓励和引导下，瑞州的农业日益恢复。有一年，瑞州发生了严重的灾情，李良调查实际情况后，创立了"长短补贷法"，使许多饥民度过了饥荒。

李良为官清廉，且博学多才。有一次衙门里的一个差役把地里挖到的无主黄金暗中送给他，李良收下金子后说道："这是上天对瑞州老百姓的恩惠呀！"随后李良就把金子分给了老百姓。李良在办完公务的空余时间里，经常与县城学校读书的学生研究谈论经书，如果有疑问，大家一起讨论解决。后来，李良亲人逝世后，他就回到家乡，没有再出去做官。

第三节 人民英烈 改革先锋

1840年鸦片战争以后,中国沦为半殖民地半封建社会,中国人民从此陷入了水深火热之中,遭受了巨大苦难。真如人民为了追求自由、解放,与旧政权展开了不屈不挠的斗争。在这过程中,涌现了一大批革命志士。解放后,真如人民为了实现中华民族的伟大复兴,在各自的工作岗位上无私奉献,几十年如一日,他们中优秀者的爱岗敬业精神,值得每一个真如人学习。

人民英雄
永垂不朽

1949年中国人民解放军发动解放上海战役。在解放真如、特别是车站地区战斗中,投入战斗的中国人民解放军第26军77师229团、230团、231团,许多解放军指战员永远地倒在了真如的土地上。由于部队继续前进,采取就地埋葬,仅在牺牲地立一竹木片,上面写上牺牲同志的姓名、部队番号,后来在迁葬的过程中,很多竹木片都丢失了,因此一些烈士的姓名、籍贯、部队番号都无从查考。烈士忠骸后来都迁到了龙华烈士陵园,为永远纪念他们,特将仅存的72位英烈的资料记志于下:

中国人民解放军第26军77师229团共有21位同志牺牲,其中指挥员9名。77师230团共有30位同志永远地躺在了真如的

祭扫解放真如牺牲的烈士之墓

土地上,其中有20位党员指战员牺牲,占牺牲总人数的66.7%。党员同志在战斗中的先锋模范作用得到了很好的体现。77师231团共有21位同志牺牲。在这三个团中,牺牲的绝大多数同志系山东籍,这些战士为了中国的解放,为了真如人民的解放,献出了自己年轻而又宝贵的生命。我们每一个真如人都应该永远记住这些英烈,缅怀他们的革命业绩。

不仅仅是解放军战士,真如境域的人民为了自由,很多人投身了革命,他们在艰苦的环境中,不断与敌人斗争,为中国人民的解放事业作出了贡献,有的甚至献出了宝贵的生命。

沈寿昌忠骸埋真如

沈寿昌是甲午海战中的民族英雄。上海洋泾人，生于1865年。1875年，年仅10岁，就被选送到美国留学，进入克乃威大学学习理科。1881年回国后进入北洋舰队工作。1884年7月25日，济远舰奉命为运兵船高升号护航，在丰岛海面突然遭到日本军舰的袭击。管带方伯谦畏敌怯战，躲入舰舱，沈寿昌奋勇指挥迎战，不幸中炮牺牲。遗骸运返上海后，暂寄于镇北，后来因为清政府无暇顾及就葬在了真如镇北的坟地中，解放后，迁葬到上海铁道学院北侧。

清廉县长——杨国生

杨国生（1922—1976年），今桃浦镇厂头人。杨出生于贫苦农民家庭。1932年"八一三"抗战后，避难于上海难民所。在中共党员王元芳介绍下加入中国共产党。后来接受党组织安排，回到真如从事秘密工作。1945年，曾到新四军根据地接受过训练。1945年9月，领导上海工人地下军在杨家桥、真如镇打击敌伪势力。杨国生在真如很多地方通过各种形式，发展了数名党员。他勤于思考，凭自己的智谋打进了联合国善后救济总署等部门工作，为迎接解放事业作出了贡献。解放后，他虽然担任了宝山县副县长，但依旧保持着艰苦朴素的生活作风，住的仍是解放前的老房子，妻子仍然在家务农。在工作岗位上，杨国生为官清廉，工作作风稳健踏实，为人民群众办了很多实事，受到了人民群众的普遍赞扬。

抗日巾帼——项泰

项泰（1916—1938年），女，江苏泰州人。真如南栅街徐本熙妻。小时候寄居在吴县外祖父家。1934年考入国际无线电台，任总台电传打字员。1935年加入中国共产主义青年团，任支部委员。负责秘密刊物《现代世界》的发行工作，兼任民校教师和女青年会工作。1936年，团支部发动职工成立上海职业界救国会国际电台分会，项泰带领群众参加救国会组织的示威游行和话剧演出等抗日活动。1937年"八一三"战起，她忙于电台遣散、宣传抗日和组织支前等工作。1938年7月，转为共产党员。4月，她服从组织安排，毅然留下出生仅3个月的女儿，赴汉口参加抗日救亡工作。她开始在邓颖超领导的儿童保育院工作，7月转任《新华日报》记者。10月22日，项泰与《新华日报》、八路军办事处人员登上"新升隆"轮船，次日上午，船遭日机轰炸。项泰为抢救一位受伤的同志，不幸坠江牺牲。1938年12月，中共长江局在重庆为项泰等16位烈士召开隆重的追悼会，周恩来主祭，毛泽东和朱德送来了"为国牺牲"的挽联，《新华日报》编印的《悼模范战士》一文中，高度赞扬了项泰同志，称她是舍己救人的女模范，是中国解放事业中的一个女英雄。

沈品华（1955— ），浙江慈溪人，后定居真如。沈品华长期坚持工作在基层岗位，几十年如一日，兢兢业业，对知识有一种火热的追求。1995年他被评为上海市劳动模范。沈品华是一个自学成才的专家，他的事迹是真如人在改革浪潮中爱岗敬业的缩影。

劳动模范
——沈品华

沈品华学徒工出身，通过坚持不懈的业余学习，从小学毕业到大专毕业，由工人晋升为技术员、工程师和高级工程师，几乎每次都是破格晋升。现任中国电镀协会常务理事和老专家工作委员会秘书长等职，是国内电镀行业的著名专家。他自学了两门外语，翻译了20多万字资料，发表过20多篇技术论文，共有科技成果近60项，其中有两项达到了国际领先水平，7项填补了国内空白，他研制的光亮剂，质量上超过了日本的王牌产品，至今仍处于国际领先水平。

1994—1995年两年中他又开发了四项新产品，发表论文四篇，其中一篇被国外权威期刊所收录。他与台湾一家公司

"三学"状元沈品华和工人们在一起开发新产品

合作研制的3#镀镍光亮剂被上海市科协等单位推荐为"95上海市优秀产品"。仅这一项，这两年中创造了利税100多万元。1995年永生助剂厂人均创利税近9万元，成为真如工业公司的龙头企业。这主要得力于他开发的高技术产品。

为发展民族工业，沈品华不仅想用国产同类产品来挡住进口，而且还想把他研制的产品销到国外去。用他的话说："我们中国人并不笨，为什么老是让外国人赚我们的钱？我们就不能赚外国人的钱？"去年永生厂已有7吨产品销往美国。

沈品华不仅对工作尽心尽力，同时也十分热心社会公益事业。他拿出自己的一部分积蓄加上国家对他的奖励奖金，设立了真如镇"三学"奖学基金，用于奖励真如镇学习刻苦的人。

下岗职工"十佳"榜首

由在职党员干部和退休职工、青少年学生组成的志愿者服务队伍遍及全镇，人数已达2 793人，占全镇人口的5.4%。他们或走街串巷，送医送药；或邻里互助，助残帮困；或家教咨询，解惑授艺，给人们送去关爱。1998年抗洪救灾中，志愿者带头捐衣、捐款，全镇共捐衣被2 200多包（45吨），捐款达30万元。1999年又捐衣被1 015包（35吨），捐款6.2万元。1998年8月，市委书记黄菊等领导到真如镇参加志愿者服务活动，还与镇志愿者代表亲切交谈。

在志愿者队伍中，下岗职工孙龙虎的事迹尤为感人。清六小区居民孙龙虎，坚持五年为居民群众服务。居民称他是居民区的"家电郎中"，因而他名列真如镇精神文明"十佳"榜首。

时任中共上海市委书记黄菊、市长徐匡迪与真如镇志愿者代表在一起

自小爱好装修电器的孙龙虎，对技术精益求精，知识面广，被人们称之为全能型人才。他贴近百姓，关心群众，深受居民尊重。小区建立5年来，孙龙虎几乎每天都忙忙碌碌为居民奔波办事。他看到小区居民把损坏的录像机送维修店去修理，只调换了价值12元的塑料齿轮，却付了150元才取回来；微波炉换了5元钱的零件，却被索价115元，心里有说不出的滋味。因此他决定要帮助居民维修家电，把掌握的知识奉献给大家。为了方便居民，他安装了电话，建立起"龙虎热线"。他告诉大家："无论是谁，只要您拨通热线52791784，我都会给你一个答复！"

每当社区开展便民服务活动，只要孙龙虎知道，他就会早早地来到服务台前，为大家免费修理各种家用电器。据不完全统计，几年来孙龙虎为小区居民维修过的彩电、冰箱、洗衣机等而修复的遥控器、电饭锅、脱排油烟机等小家电则难以计数。

家住北新泾的一对双残疾夫妇，分到了国家照顾的廉租房，正为家庭装修犯愁，得知龙虎热线后，便向素昧平生的孙龙虎求助。孙龙虎第二天便骑着自行车到北新泾为他们排放电器线路，还为他们的家电作了检修，以后又经常上门去看望他们，至今已整整3个年头了。这对双残夫妇十分感动，几次执意要写感谢信，送纪念品，都被孙龙虎婉言谢绝。最近，孙龙虎被评为普陀区"十佳好事"先进个人。

志愿者孙龙虎义务为居民修理电器

第四节　跨栏飞人　为国争光

2004年，一颗体育明星冉冉升起，10道高栏、110米的距离，一个高大的身影以炮弹般的速度，冲破看似极限的12秒91，改变了一个民族关于速度的概念，成为第一个赢得径赛直道项目世界冠军的中国人。

这个创造历史的中国人就是刘翔，21岁的年轻人，家住真如镇海棠苑。

1. 刘翔没有娇骄二气

刘翔，1983年7月13日出生，6岁进入普陀区中山北路第一小学读书，第二年转学到管弄新村小学，不久便被学校负责田径队的仲锁贵教练相中破格选进田径队。由此结缘体育。

刘翔跨栏

仲锁贵教练说：刘翔在他这里训练，前后大概三年时间，主要是跑、跳之类的综合素质训练。那时刘翔读书也不错，训练态度很认真。叫他跑几圈，他不会偷懒。当时学校的操场边上一圈还是煤渣跑道，风一吹，跑起来就要吃灰，刘翔没有娇骄二气，照练不误。小孩子长得又漂亮，清清爽爽的，也懂礼貌。调皮是很调皮，但却不过分。所以他一直都很喜欢他，后来，区少体校和学校挂钩体教结合、"蹲点挖苗"的顾宝刚一来，就向他推荐了刘翔。

2. 一到比赛就爆发

在四年级快要结束的时候，顾宝刚教练把刘翔招进了普陀区少体校，在全面素质训练的基础上，教练建议他主项练跳高，辅项练100米短跑。从此，刘翔开始了职业运动生涯。

刚进少体校那会儿，他属于年龄最小的一批，跑、跳的成绩虽与大同学有一定差距，但在同年龄的人中一直比较出众。平时训练的时候跑步会比别人快零点几秒、跳高会比别人高5厘米左右，可一旦比赛，他可以把差距拉得很大，把对手甩得更远，他是一到比赛就爆发。顾宝刚说：让孩子之间互相比试是那时经常用的训练手段。记忆中，刘翔从小就不害怕跟任何人比，哪怕是与比他大一两岁的孩子比，越是比赛他越是兴奋。不像有的孩子，一到比赛当天，早饭都吃不下了，想呕吐；一站到起跑线上，双脚都害怕得发抖。刘翔很放得开，潜意识里充满表现欲，这点绝对是来自于他母亲的遗传。他的妈妈性格豪爽自信，从来不怯场、不紧张，人再多的场合，说起话来也是落落大方，滔滔不绝。刘翔似乎天生就是一个比赛型的选手。综合素质测评的时候，他得了19档，别人的评分都在10档之内。

刘翔那时属于跳高组，教练有时会从跳高组、跳远组抽人去和短跑组的人一起赛60米。他向来习惯狠拼，从不知道留余力，短跑组的人基本上没有一个跑得过他，不服气都不行。

3. 刘翔确实肯吃苦

1999年3月，刘翔得遇名师孙海平，进入了市体育一线队练110米跨栏。孙海平说：刘翔训练最大的特点是肯吃苦。那时候，他早就下决心，训练再苦，也要扛下来。在田径场上跑圈，他体力不好，好几次都在场边呕吐，但吐完了继续跑。每周六上午是力量训练，他爸爸下午接他回家，他连楼梯都上不动，一抬腿就浑身酸痛。

孙海平说：刘翔刚进队的时候，除了身高，身体的其他方面素质其实是比较差的，比如说韧带宽松对一名跨栏运动员而言尤其重要，所以那时候帮刘翔拉韧带，成了他最痛苦的一件事。当时为了帮他拉大腿上的韧带，孙海平硬摁着他的背往下压，刘翔痛得眼泪直往下掉，但是一声不吭。

小区居民和刘翔父母一起欢呼刘翔夺冠

刘翔肯吃苦，训练中有什么要求，他都能一声不吭地努力去完成。此外，他的悟性很高，学什么东西领悟得非常快。

中国人在奥运会男子田径短距离冲刺项目上，还从没有人进入过决赛。只要有一个中国人站在决赛的跑道上，这就是一个历史性的突破。刘翔就是取得这个历史性突破的第一个中国人。

2004年8月27日，刘翔在雅典奥运会上以12秒91的成绩获得男子110米栏的金牌，他也成为第一个赢得径赛直道项目世界冠军的中国人。

2005年9月17日在上海国际田联黄金大奖赛上，刘翔与美国老将艾伦·约翰逊上演巅峰对决。结果，刘翔不负众望，以13秒05在家门口勇夺冠军。

2006年7月11日，刘翔在2006年洛桑国际田径大奖赛男子110米栏比赛中，以12秒88的成绩站上了冠军的领奖台，并打破英国科林·杰克逊1993年8月创造的12秒91的世界纪录。

2007年8月31日，刘翔在日本大阪田径世锦赛男子110米栏决赛中，以12秒95的成绩夺得冠军。

刘翔把世界纪录、冠军一一揽入怀中，为祖国赢得了荣誉，为家乡真如带来了荣耀。

实践与思考：
1. 参观活动：参观龙华烈士陵园，缅怀革命先烈。
2. 小组谈论：从真如古今名人身上，我们可以发现真如人有哪些可贵品质，在新时期我们如何把这些优良传统发扬光大？

第八章

胜迹处处话沧桑

真如境内历史胜迹众多。真如古镇，缘寺而兴；在长达千年的时间里，境域修建了大批寺庙，其中以真如寺最为突出。"一·二八"抗战期间，真如作为主战场，见证了这段历史。范庄也因作为十九路军军部，成为真如人民接受爱国主义教育的场所。

第一节　历史奇观　寺庙包镇

真如有"庙包镇"之称，境域内除真如寺外还有许多寺庙观堂。有些寺观，历史相当悠久，有着丰富的文化内涵。但是大多数寺观，或毁于年久失修，或毁于战火。特别是二十世纪前叶，动乱不断，短短几十年，真如遭受了4次大兵灾，大量寺观遭到破坏。现将真如历史上曾经存在过或现在依旧存在的寺观简述于下：

明圣庵　位于镇北，1313年僧宝月建。为真如镇有明确纪年的最早寺庙。1882年4月毁，1883年僧庆岩重建，民国年间废。

经　堂　位于镇东，1837年徐氏建。1918年秦兰亭、尼福耕重建。1966年重建新星小学校舍时拆除。

后天宫　位于镇东，又名天妃宫，俗称娘娘庙。初建年代不详，祀海神天后，即妈祖。抗日战争期间被毁，仅存宫前古银杏3棵。1946年，浦东尼姑朱

真如寺内景

寿清募集资金重建，1963年，改办为小学。

天帝庙 位于镇南，明末清初建造，祭祀关羽。1893年重建，增祀文昌阁主，因此俗称文武庙，1905年，改为小学。后毁于"八一三"战火。

纯阳殿 位于镇西，初建年代不详，1915年张和尚重建，祭祀吕洞宾，毁于"八一三"战火。

祖师堂 位于镇西，今北石路1234弄处。明末，由甘、陆、侯三氏所建，系佛寺。1860年毁。后僧静源重建，改祀张天师、雷祖、关帝等，遂成道观。但仍供奉观音，毁于"八一三"战火。

真如耶稣堂 位于南大街。1946年，美国传教士杜华德委长老吴南岳来镇筹建。系大洋桥礼拜堂分部，属全备福音堂使徒信心会，当时有教徒4 000余人。"文化大革命"期间活动停止。1982年后恢复活动。由于房屋年久失修，于1984年倒塌。现已改造为民居。

东观音堂 位于镇东，初建年代不详。有屋四五间，占地约670平方米。供奉观音大士。民国初年，改为茶馆，毁于"八一三"战火。

此外，真如外域内还有大量庙观庵堂。主要有赵浦庙、东里社祠、陈忠庵、玄元观、老子堂、兴福庵、周太仆祠、西里社祠、灵庵、秦公庙、金王庙、甘露寺、万善庵、白塔庙等。

古时走进真如，耳边会不时传来清和经颂之声，镇境域内和境域外的众多庙宇使真如成为名副其实的"庙包镇"。

第二节　千年古寺　银杏相伴

古刹真如寺，位于桃浦河和梨园浜交汇处。它的大殿是江南地区保存最好的元代木结构寺庙之一，也是上海现存最早的木结构建筑。当代建筑大师梁思成、刘敦桢（两人在建筑界有北梁南刘之称）及中外建筑专家均曾慕名前来参观、勘察、研究，认为其在建筑上具

真如寺大殿

有较高的价值。真如寺的大殿在佛教史上也占据重要地位，是古刹镇寺之宝。1959年5月26日上海市人民委员会将它列为上海市文物保护单位，并由上海市文物管理委员会负责保护和管理。

真如寺，就其仅存正殿内两柱间横梁架上所标志的"峕大元岁次庚申延祐七年癸未季夏月乙巳二十乙日巽时鼎建"字样，证实了此寺确为元代建筑。真如寺兴建后，大量文人雅士来寺上香、游玩，留下许多诗赋歌词。

真如寺的兴建与修葺，曾经为673年前的真如地区带来繁荣昌盛，使集市日益兴旺。历史上的真如寺规模宏大，除了正殿之外，另有韦驮殿、送子观音殿、地藏殿、十王殿、大悲阁等十多座配殿和附属建筑。寺自建立迄今，历经沧桑，其他殿宇建筑均陆续毁去，未获重建。正殿于"大清光绪二十三年岁次丁酉春王正月二十日吉时重建"，将单檐元式结构改为重檐清式结构，1963年再度恢复单檐元式结构。

寺原有如来、文殊、普贤三尊雕塑佛像，有明代乙酉年（1405年）的弥勒大铜佛、明代香炉、明崇祯年间的鼎，后相继被毁。现仅存元式结构的正殿及殿前的古银杏树。

为满足信徒宗教生活的需要，开发潜在的旅游、商业、佛教和文物等方面的资源，1991年8月，组成了由全国佛教协会副会长明旸法师、上海市佛教协会会长真禅法师、上海佛学院副院长妙灵法师等12人组成的修复委员会，对真如寺进行修复，使真如寺得于1992年1月29日重燃香火。自开放以来，赢得了海内外人士的普遍关

读诗学史
真 如 寺
陆文然
（生平不详）
今市犹存古刹名，
一溪寒水浅深情。
如何待到清明日，
夹岸桃花锦浪生。

真如寺玉佛

注，他们竭诚帮助，使修复工作得以顺利开展。

1992年新加坡施林大德性仁大师赠送的三尊玉佛，由妙灵法师迎请入寺。通过装金彩饰，更见法相雄伟庄严。1993年11月新建仿元式大殿结构的天王殿竣工，殿内供奉四天王、韦驮菩萨和由上海市博物馆精铸的铜弥勒佛。

在大雄宝殿的中轴线上，1994年新建了观音殿、藏经楼。真如寺现存11 970卷佛教经籍，以及国内外图书馆较为罕见的佛教图书、资料。待藏经楼落成移入储藏列架后，对外开放。

如今真如寺旧貌换新颜，诚如旧殿横梁楹联遗墨所示："佛日光辉崇盛世群山威悟真如，皇凤祥辑衍遐龄万姓同跻仁寿"。又上海佛教协会副会长、市楹联学会会长苏渊雷教授新撰长联："真实不虚常乐我净入于华严妙智慧海，如是总持圆明寂静应无所住而生其心。"仰见中国佛教协会会长赵朴初老居士题写的匾额"真如寺"三个大字，正象征了龙天保佑的真如古刹光辉灿烂的前景。一幅佛像庄严，僧衲云海，信施如山，经籍流通，梵音呗声如潮的宏图彩绘，已呈现在改革开放的上海"西大堂"。

1998年9月动工，2000年1月竣工的真如佛塔，不仅完善了寺院的布局，而且也为真如旅游小区增添了一个标志性的景观。真如佛塔高50余米，外形为江南地区常见的传统木结构楼阁式宝塔，塔的屋面出檐，屋角起翘及斗栱制作，均仿宋元法式制作，甚为典雅、古朴。

真如佛塔平面为方形，除中间塔心是钢筋砼混凝土现浇注外，其余全部由木料构成，全塔共用杉木、柳桉等

真如寺佛塔

约300立方米，堪称名副其实
的木塔。佛塔共9层，底层和
二层之间还设有一个暗层，
所以外观便有10层檐口，层
层向外扩展，形成一个甚为
柔和的抛物线形轮廓。塔顶
为方锥式攒尖顶，具有秀美
的凹曲线，上面有高10余米
的黄铜塔刹，层层向上的十
三相轮和宝瓶，直插蓝天，在
白云的衬托下，分外巍峨。每
层檐口下均出挑平座（即阳
台），外设古木式栏杆。站在
平座上，伸手就可触及悬挂
在每层檐角的铜铃，观景之

真如寺古银杏

余，叮当作响的铃声，随风入耳，创造出极有意境的赏景氛围。

古 银 杏

真如佛塔是上海自晚清以来百年间修建的第一座佛塔，其造型古朴端庄，蕴含着深厚的文化内涵，与龙华寺塔遥遥相对，为沪上西北大门真如古镇增添了一个重要的标志性景观。

古银杏树位于真如寺前，传说是建寺的时候种植的，树龄500余年。因遭受雷击，树身中空，呈黝黑色，枝繁叶茂，绿盖如巨伞，树心空处曾长出一棵朴树，形成"树中树"奇观。1983年10月，上海市园林管理局将古银杏确定为市级古树名木，编号为0062。1983年4月4日，时任上海市人大常委会副主任、上海市历史学会会长的周谷诚先生来真如寺参观，当场赋诗吟诵大银杏，诗曰："叶茂根深五百年，而今屹立在人间；只缘自力更生好，岁岁繁荣自在天。"

第三节　抗战遗址　永志纪念

"一·二八"抗日十九路军军部旧址

1932年1月28日，淞沪抗日战争爆发。当晚深夜23时30分，日军在闸北突然向国民政府第十九路军发动袭击。日军用铁甲车20余辆为前导，分兵5路从闸北各马路口进犯。总部接到报告后，蒋光鼐、蔡廷锴、戴戟3人星夜步行经北新泾到达真如

范　庄

车站，设立临时指挥部，以电话命令部队迅速向上海推进。

　　真如是上海的西北门户，战略地位十分重要。为了便于指挥，真如火车站附近的范庄就成了十九路军临时指挥部。范庄位于上海西站西南，今车站路口、桃浦公路105号西侧。原为广东富商范肖之别墅。建于民国九年（1920年），占地6亩，主建筑为一幢西式平房，前有80平方米的草坪，平房周围广植花草树木，东侧有50平方米的玻璃暖房，暖房前凿有水潭，潭边一水亭，庄周竹篱为墙。廊庑下有一联："把酒涤顺襟，任世界变乱纷乘，地似桃源堪息影；凭栏舒画眼，喜风月留连共语，园非金谷也陶情。"环境十分幽雅。

怀古思幽忆张园

汉　宫　春

朱孝臧（民国）

　　真茹张氏园，杜鹃盛开。后期而往，零落殆尽，歌合榆生。
　　凄月三更，有思旧残魄，啼噣能红。伤春几多泪点，吹渲阑东。绡巾揾湿，试潮妆微发琼钟。新敕赐，一窠瑞锦，昭阳临镜犹慵。携榼（古代盛酒的器皿）邦竳才思，惹津桥沈恨，撩乱花茸。芳华惯禁闲地，不怨东风。鹤林梦短，委孤根竹裂山空。三务拾馨细泣，何时添谱珍丛？

战争爆发后蒋光鼐、蔡廷锴、戴戟等一大批十九路军指挥官于1月29日凌晨到此指挥淞沪抗战。该军78师3团于28日进驻真如，军长蔡廷锴对全团官兵作抗战动员。29日，该军60师1团到达真如，旋即在真如至中山路地区布防，防日军抄其侧背。宪兵6团1营李士珍营长率部自真如增援北火车站。

31日上午11时，十九路军在真如击落日军轰炸机2架。2月5日上午11时半，国民政府空军与地面炮火在真如上空击落日机1架，击伤2架。

2月3日，78师156旅驻真如金家楼一带休整。7日，78师在真如火车站至北新泾一线加入警戒。11日，十九路军指挥部移南翔，所属3个师及宪兵6团于17日编为右翼军，进驻真如、闸北、江湾、虹桥、南市地区，主力配置于真如、大场之间。张治中率第五军为左翼军，司令部设真如，所属1个旅于25日进驻真如，负责真如至北新泾防务。2月27日，右翼军退守刘行、大场、真如、北新泾一线，左翼军集结南翔等地。

3月2日，日军进占真如，十九路军被迫撤离。5月5日，中日淞沪停战协定签订，日军陆续撤离真如。十九路军3万官兵，与数十万日军对峙一个多月，战争期间官兵浴血奋战，沉重打击了侵华日军，迫使日军四次更换主帅。

淞沪抗战发生后，上海及全国各地人民奋起慰问支援。其间，宋庆龄、杨杏佛、宋子文等曾来此处慰问抗敌将士。许多爱国志士组成义勇军赴真如参加抗战。

1月30日上午，宋庆龄、何香凝等在真如进行慰劳。在她们的主持和组织下，一天工夫筹设了几十个伤兵医院。何香凝到前线慰问时，天正下大雪，而官兵只穿单衣、夹衣各一套。她回去立即发动捐制棉衣运动，5天内制就了全新棉衣裤3万多套，运送给全体官兵穿用。

2月6日上午，宋庆龄和宋子文亲临军部慰问，还带来了不少慰问品，这对十九路军

宋庆龄慰问抗日将士

将士是莫大的激励和支援。孙夫人还告诉将士,她与何香凝及杨杏佛等正在筹备成立国民伤兵医院,专门救护并治疗十九路军受伤的官兵。

"一·二八"后,范庄被人租住,后毁于"八一三"战火,成为南阳宅农民的农田,现为车站新村的一部分。1990年8月,真如镇人民政府在此立碑纪念,范庄成为上海市爱国主义教育场所。

真如古镇,胜迹颇多,除了真如寺、古银杏和十九路军"一·二八"抗日临时军部旧址外,还有张家花园、弢园等,但多毁于战火。

游览活动:游览真如寺大殿、真如塔以及"一·二八"抗战遗址——范庄……

开动脑筋:在新时期,我们应该如何开发真如丰富的旅游资源?说说你的好建议。

第九章

共奏和谐新乐章

　　二十一世纪伊始，真如镇党委、镇政府认真回顾过去，冷静分析，集全镇干部、群众的智慧，先后制订了真如镇"十五"和"十一五"发展规划，为二十一世纪的真如镇描绘了一幅宏伟蓝图，事业伟大，任务艰巨，前途光明，鼓舞人心，未来的华美乐章开始在真如镇的上空奏响。

　　2006年到2010年，是上海市实现社会主义现代化的关键时期，是普陀区全面建设新普陀的关键时期，也是真如镇大兴城区功能、大展城区形象的关键时期。真如镇国民经济和社会发展第十一个五年计划是进入新世纪的第二个五年计划，"十一五"期间的发展方向和目标是贯彻党的十七大精神，以科学发展观为指导，建设经济、社会、人与自然全面和谐的新真如。

真如副中心
规划模型图

镇领导规划真如镇未来

第一节　三片联动　构建和谐

　　真如镇"十一五"规划发展总体目标是，紧跟上海市率先实现社会主义现代化和普陀区全面建设新普陀的建设步伐，大兴城区商务、服务、研发、文化和安居功能，树上海市城市副中心形象，体现民主法制、公平正义、诚信友爱、充满活力、安定有序、人与自然和谐的现代化和谐社区。

　　"十一五"规划城区分东中西三片联动。桃浦河以东的东片为商住混合区，其北部为1平方公里的真如城市副中心核心区，南部为19公顷的真如商业旅游区，其间分布兰溪路、铜川路、曹杨路、桃浦路4个产业带，该地区是城区经济高地、产业聚集区、交通集散中心，体现城区综合实力和现代形象；真北路以东桃浦河以西的中片为行政、文化、商业服务和居住混合区，体现城区生态环境和文化内涵，其间分布真北路、大渡河路两个产业带；真北路以西的西片为居住、工业、社区商业服务混合的真光绿色家园，其北部有真如工业园区、金鼎路产业带和清涧社区商业中心，体现城区经济支撑点；南部为居住、商业区，体现安居乐业，体现人与自然、环境的和谐。

第二节 抓住机遇 跨越发展

1994年上海市第四次规划工作会议提出了规划建设真如城市副中心的设想。到2001年，国务院批准把上海新一轮城市副中心列入上海城市的总体规划。又经过几年的研究、论证和国际方案征集，2007年9月，市政府批复同意了真如城市副中心规划方案。这标志着上海城市规划"一主四副"中西北核心区域上海真如城市副中心进入实质性开发阶段，计划用三个五年规划全面建成和运营。

真如城市副中心的规划范围东起岚皋路，西至真北路，南临武宁路、中山北路，北接沪宁铁路，总面积约6.21平方公里；核心区规划范围东至静宁路，南至武宁路，西至桃浦河，北至上海西站北侧富平路为规划边界，总面积约2.43平方公里，总建筑面积461.3万平方米，其中新建面积337.8万平方米。

城市副中心将采取纵横双轴、南北两心、商街合环、带形公园、点轴布局、圈层展开的总体布局。纵横双轴为曹杨路商务功能轴和铜川路文化休闲轴构成纵横两个发展轴线；南北两心为南部曹杨路和铜川路交汇点与北部上海西站周边地区形成两个集中建设的核心区；商街合环为曹杨路两侧的商业商务办公区域内，规划环通的商业内街，通过步行通道、两层通廊和地下空间连接，形成完全步行环通的休闲购物空间。公共交通系统将形成以轨道交通为主干、公共汽车交通为辅助的公交网

大渡河路休闲街

络。地下空间开发规划面积达 120 万平方米，通过人行通道连接各地块间的地下空间，使地下轨道交通、地下步行交通、地下停车设施形成一个网络化、系统化的交通复合体，各种商业活动最终向核心区集中。

真如城市副中心是上海中心城区"一主四副"布局中西北区域的核心功能区，是上海实施"四个中心"建设和社会主义现代化国际大都市战略的重点规划建设区域，被市政府明确定位为辐射长三角的开放性生产力服务中心，服务上海西北地区的公共活动中心，将重点发展商务、金融、会展、都市旅游、体育休闲、文化娱乐、创新创意等行业。

上海真如城市副中心启动开发建设是真如千载难遇的重大发展机遇，真如将不失时机地抓住这个机遇乘势而上，实现跨越式发展。

第三节　产业积聚　蓄势待发

建立点、线、片相结合的产业积聚地。即两个社区商业中心——真如社区商业中心，清涧社区商业中心；三个产业群——铁三角真如工业园区，真如商业旅游区，真如城市副中心；七个产业带——曹杨路商贸带，铜川路现代商务带，兰溪路餐饮休闲文化服务带，大渡河路现代商业服务带，桃浦路商业贸易带，真北路汽车服务带，金鼎路休闲服务带。

1. 大力发展现代服务业　积极培育金融服务业，为金融业的发展特别是金融保险机构落户真如增设网点创造各种有利条件，吸引更多的国内及外资金融保险机构。积极培育经营管理控制业，大力引进为长江三角洲地区服务，为民营经济服务的企业总部和研发机构。积极发展现代物流业，依托上海西北物流园区，合理分工，依托商务楼建立物流电子交换平台和物流企业总部，构筑上海陆地物流大通道。积极发展会展旅游业，开发真如寺历史文化旅游风景区，结合资源特点推出旅游项目，开发生产体现真如特色的系列旅游产品，发展举办展览、会议、大型活动的会展业，大力推进旅行社、旅游公司、酒店宾馆、休闲娱乐行业等旅游业的发展；积极发展中介服务业，扶植发展通信、网络、咨询等各种类型的信息服务业和电子商务服务，进一步扶植法律、

発展四大
支柱産業

现代化园区厂房

会计、评估、教育培训等新兴行业。

2. 大力发展工业。依托真如工业园区，积极发展高科技工业、生态工业，深入发展现代医药、医药包装、金属添加剂、通讯产品，淘汰不符合城区功能要求、缺乏市场前景和竞争力的行业及产品。

3. 大力发展传统商贸流通业　继续培育、巩固、发展社区商业，扩大规模，提高服务质量和管理水平，提高知名度和影响力。努力使真如地区建成特色商业街、专业市场、综合商场、专卖店、超市、连锁店、便民服务网点和集贸市场，既适应市场又功能互补、既面向大众又凸现城区辐射力的商业格局。

4. 大力发展房产建筑业　依托真如城市副中心、真如商业旅游区和七个产业带的开发，进一步培育、巩固、发展房产建筑业，建设精品小区、精品项目，积极培育和发展房地产市场、建筑装潢市场和房地产交易、咨询服务、质量管理等中介机构。促进各种物业公司的发展，提高物业管理水平。

第四节　生态文明　华美乐章

1. 建设生态型社区

通过进一步加强城市基础设施建设和环境综合治理，努力创造一个天蓝、地绿、水清、空气新鲜、整洁干净的社区环境，切实提高社区成员的居住质量，提升城区的整体形象，实现人与自然的高度和谐统一。使绿地覆盖率提高五个百分点。建成市级绿色小区30个，镇级绿色小区全覆盖，绿色家庭占全镇家庭总数的20%以上。

2. 建设数字型社区

以互联网和社区宽带网为载体，充分利用网络、智能小区和呼叫求助等数字技术及其相关计算机技术和手段，对社区基础设施与生活发展相关的各方面内容进行最大化的数字化处理、利用和整合，以电子化社区服务、社区电子政务和社区电子商务为平台，对社区的资源、服务和管理等各个系统实施数字化操作。

3. 建设学习型社区

以社区中社区终身教育体系和学习型组织为基础，满足社区成员学习基本权利和终身学习需求，促进社会成员素质和生活质量提高，促进社区可持续发展。加强社区学习为基础设施建设，建成4 000平方米的社区教育文化中心；新建4个电子科普画廊；新建1个"科普体验馆"。学习化家庭普及率达到40%，学习型楼组达到20%，学习型组织达到20%。创建科普家庭500户，科普楼组750户，使居民科学素质高于全区平均水平。

4. 建设服务型社区

形成服务功能完善，服务形式多样，服务质量上乘，服务管理科学的系列化、多元化、社会化、现代化的社区服务和社会保障新体系。特困人员就业安置率达到100%。到2010年力争将社区失业率控制在上海市平均水平以下。组建1—3个"月星慈善超市"。社区残疾人工作覆盖面达到100%。按照每1万人/个的要求，建立若干个日间老人照料中心，新建1个多功能老年活动中心，新建4个标准化老年活动室，利用市场机制，建设1—3个标准化、规范化的养老福利机构，新建社区康复站30个，组建一批残疾人用品供应站。

5. 建设健康型社区

加强环境卫生管理，实现垃圾处理资源化、减量化、无害化，垃圾分类收集达100%，实现卫生小区的全覆盖。每平方公里有一个设施完备，服务齐全的社区卫生服务点。健康家庭达到2 000个，健康小区达到25%。扩大合理营养、心理保健、艾滋病、慢性病、女性多发病的预防与治疗基本知识的宣传教育覆盖面，一般人群知识知晓率达到85%，重点人群知识知晓率达到95%。全

真如镇迎奥运——太极拳操五环阵

民健身参与率达到 70%。

6. 建设民主型社区

通过建立健全管理机制，引导社区成员广泛参与社区事务，落实社区居民对社区事务的知情权、监督权、决策权，从而实现社区居民"自我管理、自我教育、自我监督"。居委会换届选举直选率达到 80% 以上，50% 的居委会创建成为"市级模范居委会"，社区管理自治率达到 50% 以上。

7. 建设安居型社区

建立健全社会治安防范体系，建立健全城区减灾体系，积极预防和减少犯罪，大力化解矛盾纠纷，保证居民的生命财产安全，使社会治安状况好于全区平均水平。积极开展创建文明社区的活动，巩固市级文明社区的创建成果，市级文明小区普及率达到 90%。优化人文环境，使城区市民群众安居乐业。

实践与思考：

1. 课余情趣：想象一下真如副中心建设完成以后，我们美丽的真如将变得怎样？

2. 小组谈论：作为真如一员，你能为真如的经济建设出几个好点子吗？说说看。

3. 开展一次题为"真如畅想曲"的诗歌朗诵比赛活动。

真如——千年古镇　璀璨明珠

附 录

一 真如镇大事记

- 唐　地属昆山县新丰乡。

- 北宋崇宁五年（1106年）　侯细中进士，官至枢密院副使。

- 宋绍兴年间（1131—1162年）　李若水后人自中州迁入域北厂头；枢密副使侯细弹劾秦桧被贬，隐居域东，其地后名木椤侯家宅。

- 宋嘉定十年（1217年）　分昆山县东境临江等五乡为嘉定县。真如属之。

- 宋嘉定年间（1208—1220年）　市街中筑香花桥，为真如镇最早有纪年的建筑。

- 元延祐七年（1320年）　僧妙心移官场（今大场附近）真如院于桃浦，请额改寺，缘寺成市，由寺成镇，遂为镇名。真如发展由此开始。

- 明洪武二十年（1387年）　秦公庙移建于本镇。

- 明永乐二年（1404年）　铸造铜弥陀，供在真如寺旁韦驮殿内。"文化大革命"初被毁。

- 明成化五年（1469年）　李良中进士。他为官清廉，博学多才，著有《樗轩集》。

- 明嘉靖十三年（1534年）　知县李贤坤建真如小学于真如寺内，为真如历史上最早的官办学校。万历年废。

- 明嘉靖年间（1522—1566年）　倭寇犯境，镇民甘雷率众抗倭，获胜，乡里得安。

- 明崇祯十七年（1644年）　域西北与镇毗连的姚家角，姚氏奴仆600余人杀主人起义，后被镇压。

- 清顺治年间（1644—1661年）　严衍《资治通鉴补》书成。

- 清康熙十年（1671年）　嘉定知县奉旨设厂赈济，真如厂建。

- 清康熙五十二年（1713年）　张云章参与修撰《尚书汇纂》。其一生著述甚丰，有《南北史增注》、《南北史摘要》、《南北史诗》、《八家文评》、《五家诗评》、《朴村诗文集》等。

- 清雍正二年（1724年）　分嘉定东境为宝山县，真如镇属之。

- 清乾隆三十七年（1772年）　陆立《真如里志》成。次年刊刻问世。

- 清道光十七年（1837年）　张鼎生中举人。

- 清道光二十九年（1849年）　上海圣公会在域南王家车购地，始建圣母圣心堂。当地数十户许姓农民为该堂最早的信徒。

- 清咸丰三年（1853年）　红巾党起事，四乡不堪其扰。近村有应之者，事平，被诛。

- 清咸丰七年（1857年）　上海圣公会在王家车建母心堂，天主教传入真如地区。

- 清咸丰十年（1860年）　洋枪队驻真如寺，焚文昌阁、大悲阁、前山门、十王殿及永宁禅院。镇民被戮数十人，妇女被辱自尽数十人。同年，太平军忠王李秀成部进攻上海途中，2万余人进驻真如。

- 清咸丰十一年（1861年）　嘉定太平军经江桥东进，与清军、团勇战于镇西。4月6日，再次攻入真如镇，焚毁真如典当。同年，真如团练公局成立，王渊理任局事。

- 清光绪元年（1875年）　真如义塾建于真如寺。

- 清光绪二十九年（1903年）　钱淦中进士。1917年主宝山清丈局工作。

- 清光绪三十一年（1905年）　真如初等小学设于文武庙，为地方近代教育之始。同年，铁路真如站（上海西站）建。

- 清光绪三十三年（1907年）　杨荣逵设轧花厂于东港圻（"圻"是真如人自创的汉字，意为河岸），为真如镇近代工业之始。

- 清光绪三十四年（1908年）　吴淞商会真如分社事务所成立。同年，在南横街设公立女子初等小学堂。

- 清宣统元年（1909年）　清政府颁布《城乡自治章程》。真如地方公会成立，筹建地方自治。

- 清宣统二年（1910年）　真如乡自治公所成立。

- 1916年　徐东坤将真如两等小学高等科改为乙种商业学校，为初等职业学校性质。同年，真如商会成立。

- 1917年　真如乡农会成立。

- 1918年　洪复章撰修《真如里志》，稿成。

- 1920年　真如救火会成立。

- 1920年　本镇最后一家土布庄歇业。同年，钱润、甘元桢发起修筑车站路，自镇北后山门至真如火车站。为境内最早的公路，也是本镇近代市政建设的开始。

- 1923年　国立暨南学校迁真如。该校中学科为镇境最早的新制中学。

- 1924年　赵正平、甘元桢发起，建真如电气公司于杨家桥。

- 1925年　美国基督教会人士兰金创办华夏大学。

- 1926年　国立暨南学校组建中共支部，真如地区始有共产党组织。同年，郭琦元等创办东南医科大学。

- 1927年　有4名暨南学生参加的中华足球队以4∶3力挫保持14年冠军的英格兰队，轰动上海。

- 1928年　上海工人第三次武装起义爆发。暨南大学党组织组织了全市性学生运动。暨南大学学生纠察队参与阻击和夺取北火车站等战斗。

- 1929年　国民党直属第一区分部建立，真如地区始有国民党组织。同年，华商交通公司开辟3路公共汽车，为真如地区近代公共交通的开始。

- 1932年　"一·二八"淞沪战争爆发。十九路军军长蔡廷锴设临时指挥部于镇北范庄，各路义勇军汇集真如。同年，真如地区足球爱好者组成第一支足球队。

- 1933年　创办市立真如实验中学。

- 1936年　吴南岳筹建真如耶稣堂。

- 1937年　侵华日军进攻上海，"八一三"抗战开始。真如地区成为国民政府中央作战军指挥部所在地。10月30日，侵华日军占领真如。11月，真如镇维持会成立，金卓伦、袁祥卿效敌。

- 1938年　项泰（南栅街徐本熙妻）因抢救一受伤同志坠江牺牲。

真如——千年古镇　璀璨明珠

◆ 三十年代　真如镇住宅区建设被列入国民政府制定的《上海新市区发展规划》中。

◆ 1945年　中共地下军在杨家桥伏击，击毙日本特务、恶霸、高丽浪人王某。同年，真如足球队参加市足球联赛夺得丙组冠军。

◆ 1946年　钱颂平、李树滋、黄岳渊等在蔡家宅创办真如中学。同年，美国传教士杜华德委长老吴南岳来镇筹建真如耶稣堂，位于南大街。时有教徒4 000余人。同年，西医师钱鉴栋设诊所于穿心街，为本镇最早的西医诊所。

◆ 1949年5月25日子夜，真如镇解放。同月29日，真如区接管委员会在交通大学成立。

◆ 1950年　真如镇各界人民代表会议召开，成立镇人民政府，镇长曲文华。同年，创建真如第三小学，为民办小学。

◆ 1951年　真如区开始土地改革，成立镇土地改革委员会。同年，在西港圻开办本镇第一家托儿所——真如托儿所。同年，真如区镇压反革命运动开始。同年，创办公立真如中学分校。

◆ 1952年　真如镇工会联合会建立。同年，真如区首届物资交流会在镇举行，7日结束。

◆ 1953年　中共真如区委、真如区人民政府经上级批准后，通报更换全部有"真茹"字样的用章，区、镇统一名为"真如"。同年，自来水开始进镇，居民全部饮用自来水。

◆ 1954年　建立真如区里弄整顿委员会，对镇市街居民委员会进行整顿、组建。同年，粮食实行统购统销，粮食经营从传统米粮号转由粮管所管理。

◆ 1956年　劳动中学创建，至1965年停办。同年，镇私营工商业社会主义改造运动开始。至年底，全镇组成定股、定息中心店9个，合作商店9个，合作小组14个。同年，私立小学全部转为公办。

◆ 1958年　上海铁路学校升格为上海铁道学院。同年，西郊区正式撤销，真如镇划入普陀区。同年，真如中心小学建校。同年，大众中学建校，至1982年停办。

◆ 1959年　上海市文物保管委员会确定真如寺为市级文物保护单位。

◆ 1960年　市商业储运公司真如仓库职工徐兆万，撬窃本单位保险箱，窃得5万余元，被当场捉获。为解放以来本镇最大盗窃案，也是嘉定最大盗窃案。

◆ 1961年　奇寒。低温至零下11度，大雪积至2尺。

◆ 1962年　桃浦工业区初步建成。

◆ 1963年　桃浦新村小学创建。

◆ 1964年　开展社会主义教育运动。

◆ 1965年　真如体育场迁建落成。同年，真如镇建制恢复。同年，桃浦联合职工子弟中学（今名武威中学）创建。同年，贫下中农协会成立。

◆ 1967年　镇机关、商业、学校等13个"造反队"组成"真如镇造反派联合指挥部"，夺镇党委、镇人委的权。同年，镇革命委员会成立（简称镇革会）。

◆ 1968年　成立"清理阶级队伍"（简称"清队"）办公室，开展清队，至1970年上半年结束。

◆ 1971年　真如中学小操场放映电影《红灯记》，几百名无票群众冲倒大门，1人死亡、9人受伤，酿成惨剧。

◆ 1973年　真如五金厂创办，为镇办工业第一家工厂。

◆ 1976年　粉碎江青反革命集团（简称"四人帮"，即江青、张春桥、王洪文、姚文元），举镇庆祝。

- 1977年　上海市文物保管委员会再次公布真如寺为市级文物保护单位。

- 1979年　对"文化大革命"中的72个案件进行复查，61人或平反、或撤销错误结论。同年，镇计划生育工作开始。

- 1980年　真如寺由长征人民公社移交市文物保管委员会保管，并由市文物保管委员会委托真如镇代管。

- 1982年　镇人民政府与嘉定县供销社联合举办"红五月"物资交流大会，参加单位21家，成交额51万元。同年，第三次全国人口普查。全镇4 232户，19 471人。

- 1983年　真如文化站改名真如文化馆，迁入真如西村60号。

- 1984年　上海市第二人民警察学校创办于杨家桥北。

- 1985年　真北路铁路立交桥动工，次年1月建成使用。

- 1986年　个体劳动者协会真如分会成立。同年，桃浦文化馆竣工使用。同年，真如镇设立了全国第一个以学校为中心的社区教育委员会。

- 1987年　曹杨路长途汽车站设立。同年，真如文化馆新馆开馆，5月1日正式对外开放。

- 1988年　国家教委副主任王明达、柳斌来真如中学视察社区教育，并题词。同年，真如镇社区文化工作委员会成立。同年，真如镇社区教育委员会成立。同年，真如白切和红烧羊肉，被评为"国家商业部优质产品"。

- 自1988年以来　共评出优秀园丁486名，尊师重教先进个人15人，好少年314名，发奖金17万元。社会各界共赞助学校500多万元。

- 1989年　日本岛根县金城町以议员会议议长安藤美文为团长、町长三浦兼之为顾问的日中友好亲善访华团20人来访。同年，国务院教育督导团副团长省文等10人来镇检查社区教育工作，并视察了真如中学、真如中心小学。

- 八十年代　真如镇住宅建设被纳入《上海市城市建设规划》，进入了有计划的大规模发展阶段。

- 八十年代后期以来　本镇老龄人口比重增长加快。1990年，本镇60岁及以上人口占总人口的比重上升到11.54%。本镇进入老龄化阶段。

- 1990年　全国第四次人口普查显示，真如总人口为60 588人，男女性别比为6比5，文盲、半文盲占总人口的7.34%。同年，上海市建设委员会经研究，同意将真如寺的周围地区建设成为旅游、商业、文物保护和宗教的综合区。

- 1991年　以町议长山本八郎为团长的日本岛根县金城町友好访问团一行12人来镇访问。同年，真如镇代表团对五通桥进行考察访问。双方签署协议，结为友好区镇。同年，成立家庭教育指导委员会，建立镇社区教育学校、分校、家教辅导三级教育网络。同年，真如老年婚姻介绍所成立。同年，真如镇将"真如镇社区教育学校"更名为"真如镇社区教育培训中心"。这是本市第一所没有围墙的社区学校。

- 1992年　以小国小学校长安田武春、云城小学校长川崎吉郎为正副团长的日本岛根县金城町教育代表团来镇友好访问。

- 1993年　区体育协会总会授予本镇"足球之乡"称号。

- 1994年　举办"真如金秋庙会"。

- 1995年　本镇沈品华被评为"1995年度上海市劳动模范"。

- 1996年　兰溪路川城火锅楼扩建，营业面积增加70%。同年，兴建了兰溪路仿明清建筑商业街。

- 1995—1996年度　真如镇失业人员新增2 054人，下岗待业人员达2 500人。

- 1997年　镇属经济实现了产值6.5亿元，税利4 600万元，分别比上年增长55%和25%。

- 1998年　真如镇公益服务社正式挂牌。服务社是用于安置失业下岗人员的集体组织。同年，真如社区图书馆成立。同年，真如镇友好访日团参观访问金城町。同年，"'98上海旅游节"系列活动之一——"真如民俗风情展示会"在真如镇举行。这次展示会是真如镇有史以来规模最大的群众活动，吸引了近200万观众，面向大众的特色商品交易成交额达1 600万元。同年，兴建了4个大型农贸市场。

- 1999年　真如镇与高校联手研究社区发展规划。同年，上海市宗教事务局经研究决定，同意真如寺作为宗教活动场所对社会开放。同年，日本国岛根县那贺郡金城町友好访问团参观访问真如镇。同年，"'99真如古镇民俗风情展示会"在真如镇内举行。展示会的内容包括文化活动展示、饮食展示和商品交易。同年，铜川中学4名足球队员代表市少年足球队赴法国里昂参加8个国家的足球邀请赛，2名少年赴巴西学习足球3年。同年，镇属经济实现产值6.9亿元，税收1 708万元，利润1 380万元，引进内资4 500万元。

- 2000年　真光路街道办事处并入真如镇人民政府，合并后镇区规划重新修订。同年，妙龄法师随团参观了日本的部分名寺古刹和宗派的本山，促进了中日佛教交流。

- 2001年　真如镇商会成立。同年，首届真如镇"科技活动周"及防震减灾科普活动展示在曹杨五中举行。同年，真如镇首届终身学习节成功举办。

- 2002年　"铁三角"园区、大渡河路电子电器市场改造等八大项目规划开始实施。同年，首届樱花节活动举行。区、镇领导和社区单位的代表前来祝贺，来自大阪、长崎的日本友人也前来助兴。共同庆贺中日建交30周年，共祝两国人民世代友好。同年，真如社区学校落成。同年，镇精神文明建设工作大会召开。同年，"塑上海妇女新形象、当时代文明新女性"现场会在真如镇举行。市妇联宣传部长张瑞李、区妇联主席张明芝、镇党委副书记赵鸿侠等领导出席了论坛并作了讲话。

- 2003年　镇文明建设委员会举行创建文明社区活动研讨会。会同长征、桃浦、嘉定的真新街道一起创建。同年，真如镇社区工作者工会成立。同年，镇人大代表认真听取了镇政府关于防"非典"工作的情况报告。同年，社会主义学院真如镇分院揭牌仪式在社区学校举行。同年，迎国庆花车大巡游真如地区，20余辆花车来本镇巡展，丰富了真如文化庙会活动。

- 2004年　上海市学习化社区实验基地检查评估组来真如镇指导工作；全国"十五"学习化社区建设评估指导体系培训班成员考察真如镇学习化社区创建工作。同年，上海市普陀区真如镇埠际少儿足球邀请赛在真如体育场举行。同年，真如镇海棠苑小区居民刘翔，在雅典奥运会上的110米栏的田径比赛中，以12秒91的成绩破奥运会纪录、平世界纪录，为我国体育代表团获得一枚金牌。

- 2005年　普陀区"真如杯"元旦迎春长跑活动暨业余长跑等级赛在真如镇举行。同年，真如镇总工会宣告成立。同年，镇文化活动中心、社区服务中心项目启动。

- 2006年　真如镇爱国卫生月活动动员暨建设新一轮健康城区推进活动正式启动。同年，普陀区第六届少数民族运动会和普陀区真如社区统战工作文体活动现场会在真如镇隆重举行。同年，真如镇社区服务中心隆重举行"普陀区机关公务员志愿者（义工）服务基地"揭牌仪式。

◆ 2007年　为践行社会主义荣辱观，构建和谐真如，真如社区各界统战人士联谊会与真如寺共同发起"评选新春撞钟'爱星、善星、和平星、功德星、寿星'五星大使"的活动。同年，举行真如寺中兴修复十五周年暨全堂佛像开光庆典。

◆ 2008年　上海真如城市副中心开发建设启动。同年，真如镇人民政府迁入新址办公。

二　真如历史之最

◆ 宋绍兴年间(1131—1162年)　原枢密副使侯细弹劾秦桧被贬，隐居城东，其地，后名木樨侯家宅。真如地区有明确记载的开发活动。以此为始。

◆ 香花桥
真如最早的建筑。建于宋嘉定年间(1208—1220年)，是真如镇最早有纪年的建筑记载。

◆ 侯彦明
真如历史上第一位进士。于元代至正年间（1341—1368年）考中。

◆ 真如小学
真如历史上最早的官办学校。建于明嘉靖十三年(1534年)，知县李贤坤建于真如寺内，万历年废。

◆ 母心堂
本镇最早由天主教建造的建筑物。清咸丰七年（1857年），上海圣公会建于王家车，标志着天主教传入真如地区。

◆ 真如初等小学
清光绪三十一年(1905年)春，设于文武庙。为地方近代教育之始。

◆ 合兴义花厂
清光绪三十三年(1907年)，杨荣逵设于东港圩。为真如镇近代工业之始。

◆ 电话
清光绪末年，沪宁铁路局安装于真如车站。为镇有电话之始。

◆ 土布庄
1920年，本镇最后一家土布庄歇业。

◆ 车站路
1920年，钱润、甘元桢发起修筑。自镇北后山门至真如火车站，为境内最早的公路，也是本镇近代市政建设的开始。

◆ 国立暨南学校
1923年夏，迁入真如。该校中学科为镇境最早的新制中学。三十年代初本镇始设幼稚园。

◆ 暨南学校中共支部
1926年9月，国立暨南学校组建中共支部。这是真如地区最早的共产党组织。

◆ 国民党直属第一区分部
1929年2月建立。这是真如地区最早的国民党组织。

- 3 路公共汽车

  真如地区近代公共交通的开始。1929 年 4 月 25 日，华商交通公司开辟。

- 黄毓全

  中国空军第一位为国献身者。1932 年 2 月 5 日，真如上空空战激烈。中国空军分队长黄毓全率机迎战，配合地面炮火，击落日机 1 架，击伤 2 架。被击落的日机坠于真如车站南空地上。是为我国空军首次御外作战。第二天，黄毓全殉国。

- 足球队

  1932 年，真如地区足球爱好者组成第一支足球队。

- 锡沪（无锡到上海）公路

  1935 年 8 月 17 日，锡沪（无锡到上海）公路通车，自宝山路起，经镇域交通路、杨家桥、真南路至无锡。为途经镇境长途汽车之始。

- 西医诊所

  1946 年，西医师钱鉴栋设诊所于穿心街，为本镇最早的西医诊所。

- 自来水

  1953 年，自来水开始进镇，居民全部饮用自来水。

- 真如五金厂

  镇办工业第一家工厂。1973 年创办。

后　记

　　本书是上海市普陀区真如镇"镇史馆"筹建工作的部分成果，由普陀区教育学院贾锡钧、欧家斤两位老师，从历史文献、民间文献、档案材料入手，较为完整地勾画了真如历史全貌，写出了《真如——千年古镇　璀璨明珠》真如镇乡土教材第一稿。华东师范大学历史系王家范教授、李学昌教授、硕士生金杭尧等同志，利用多学科结合的优势，根据国家教委有关课程教材编写的要求，进行了修改、补充、提炼和定稿。

　　在真如镇党委、真如镇人民政府领导的关心和支持下，我们成立了《真如——千年古镇　璀璨明珠》真如镇乡土教材编写小组。在本书编写过程中，上海市博物馆、上海市图书馆、上海市地方志馆、嘉定区档案馆、闵行区档案馆、普陀区档案馆、真如镇档案室等单位给我们提供了方便。在这里，对所有支持、帮助我们的单位和同志，一并表示最深切的敬意与感谢！

　　本乡土教材出版至今已有5年，5年来真如镇的经济、社会发展取得了新的进展，尤其是作为上海市城市副中心的确立，为真如镇带来了新的发展机遇。因此，有必要对该教材作出新的调整和补充。尽管我们的作者已作出了很大的努力，但疏漏与不妥仍在所难免，祈望学者与读者批评指正。

编　者
2008 年 9 月

图书在版编目（CIP）数据

真如——千年古镇 璀璨明珠／王智华,胡礼刚主编. —上海：华东师范大学出版社，2008

ISBN 978-7-5617-6435-0

Ⅰ.真… Ⅱ.①王… ②胡… Ⅲ.乡镇－地方史－普陀区 Ⅳ.K295.15

中国版本图书馆 CIP 数据核字（2008）第 153586 号

真如——千年古镇 璀璨明珠

主　　编	王智华　胡礼刚
副 主 编	陈琦华　费瑞芳
责任编辑	周　洁
审读编辑	国　华
责任校对	邱红穗
封面设计	高　山
版式设计	蒋　克

出版发行　华东师范大学出版社
社　　址　上海市中山北路 3663 号　邮编 200062
电话总机　021-62450163 转各部门　行政传真 021-62572105
客服电话　021-62865537（兼传真）
门市(邮购) 电话 021-62869887
门市地址　上海市中山北路 3663 号华东师范大学校内先锋路口
网　　址　www.ecnupress.com.cn

印 刷 者　江苏扬中市印刷有限公司
开　　本　787 × 1092　16 开
印　　张　6.5
字　　数　96 千字
版　　次　2008 年 10 月第一版
印　　次　2008 年 10 月第一次
印　　数　11000
书　　号　ISBN 978-7-5617-6435-0/G·3740
定　　价　25.00 元

出 版 人　朱杰人